たいてい何の意味もない
ほんとうにせつなくなるのは
とても好きなものがそうでなくなる瞬間
そこにうすい膜がはりつめていて
それを通り抜ける瞬間なんだ
どうしてそうなるのかはわからない
わからないところを見つめて生きていけってことなんだ

現代詩文庫　244

思潮社

松下育男詩集・目次

詩集〈榊さんの猫〉全篇

詩集〈肴〉全篇

未刊詩篇から

講演・エッセイ

解説

装幀・菊地信義

詩篇

詩集〈榊さんの猫〉全篇

今朝

今朝
あなたはまだ
折りたたまれていますね

あなたであることの
ひろがりは
脇のほうから　ひとたばに

棚

休みの
朝
棚を上の方につくった
のせなければならないこまごました物たちが
下の方にあふれてきたからだ

次の日から
出勤のため毎朝
棚の上からとびおりるのが
つらい

猫

ポニーで昼食をとっての
帰り
榊さんの足もとに
猫が死んでいるのを
見た

猫が死んでいる

と
言ったら　榊さんがいやーな顔をして
猫でないものの方を
見ている
まっくろで
腐っているみたいだ　と
続けると
榊さんはもう　ずっと先を歩いている

猫まで
もどって
死んで腐った猫をぶらさげて
榊さんにつきつけている
自分を
ほがらかに
思いえがきながら　いつもの腕二本ぶらさげて
榊さんに
追いつく

だから？
生きている
とりわけ元気な人たちの
話題ばかり　持ちこんできて

午後の会社
まで

でも
死んで腐った人たちを
とりわけ元気だった人たちを
榊さんにつきつけている
自分を
きちんと中では思いながら
ね

だから？　午後の
会社にもどって
まだ生きているあの人や

この人に
はげしく
驚く

どの人も背広の上に
とりわけ元気な
にんげんの
顔

椅子は立ちあがる

椅子は立ちあがる
椅子は椅子の中から　椅子でない所へ立ちあがる
理由が　足もとから
立ちあがられた
その分のはずみで
椅子は立ちあがる
椅子であったことがあった

その年月を束ねる
それでも束ねられなかった所から
椅子は
立ちあがる
椅子は　椅子であり
椅子でない
曲り角を曲る時に　曲り角も曲ってしまうので
いつまでたっても
ここにいる
ことの
ないように　椅子は今
立ちあがる

椅子が立ちあがる
再び
腰を深く沈める　椅子の
中へ　立ちあがったことの中へ
私が腰を深く　沈める
掌が　ある

腰を支えている掌が椅子に
ある　その掌が椅子を
椅子の中へ沈まないように　支えている
椅子が椅子でありすぎると
裏側へ通りぬけてしまう
私の　椅子に触れている所があたたかくなって
とける
椅子の　私に触れている所があたたかくなって
とける
椅子と私の
触れあっている所がまざるのを
支えていた掌が
指で
えりわける　こちら側を
あちら側へ　あちら側を
こちら側へ
川は裏返る　水に
うつっている橋　水を飲みながら
水が渡る

椅子が扉をあけて
勤めから　帰ってくる
私の中へ
深く腰を沈める
椅子は
疲れている
立ちあがった椅子は
今夜
私と入れかわる　明日は私が勤めへ行く

ふすま

ふすまをあけたら
やっぱりきのうまでのはげしい雨で
畳のところまで
深い海

暗いけれど

海鳥がとびかって
ずっとむこうの方
ぼくの会社だって
あわだって
沈んでゆく

だから
今日こそゆっくりと
朝食をとってね
またねむることだって
できる

思ったのにね　はげしく
泣く母に
顔をひっぱたかれて
元気に
出勤

いちどだって美しく
沈んだことのない
会社へ
ぼくと母の砂ぼこりを
社旗の屋上まで
たてて

給料

Ⅰ 給料

勤めていたら
とてもお金が入ってくるので　怒って
給料
ふた月に一度にしてくれ　と
部長室をたずねたら
ぼくはとても
おもしろい人間になって
部長室から

帰された
み月に一度でいい
と
今度は本当にみんなに冗談を言ったら
もう笑ってくれない
そこを
ごまかして仕事を
する　来月もこの会社からぼくへ
給料が
ある

2　鞄

鞄を持って
会社に行くことにしてから
鞄に何を入れていくかで
悩むことに
なった

野菜を入れてゆくわけにも
いかず　裏返してその
鞄を入れてゆくわけにも
いかず
片足つっこんで
とびはねてゆくわけにも
いかず

鞄を持って
会社に行くことにしてから　とても
変った場所へ行って
いたことに
気付く

3　形

会社にいると
ぼくで会社がつまってくる
会社の形でいっぱいに
おさまってしまう

むしろ
会社になる
と
言ってしまった方がいい

ぼくの勤めている会社に
ついて　昼休みにちょっと
会社の外で
考えて
くる
というわけにはいかない
形に
なる

休日

町のはずれに
塀があるので

曲り角のすじに体をあて
どちらも世界だと思い
はしゃいで
かわりばんこに見ていたら
弱ってきて
どちらかの世界へ
肩から倒れこみそうになったので
塀に
へばりついた

タンス

ぼくのタンスの前で
気を付けなければならないことが
ある　ひき出しのあけしめは
容易だが
服の出し入れは
勝手だが

一度
しまおうとしているぼくの
腕をねじあげて　しまわれようとしている服が
しまいはじめたね
ぼくを　ああでも
そんなことはどうでもいい
そんなことはどうでもいい

えもんかけにぶらさがっての眠りは
もう
やめられない　と
毎晩上衣に
頼みはじめたね
あれから
膝ついて　ぼくを
たたんでくれと
ぼくを
はおって会社へ
行ってくれと
冗談で

日記のように

1

ぼくは毎朝
そって歩くたてもののむこう側に
奇妙な動物をつくる

それほど長いうでがあるわけじゃない
ちょうど腕の長さだけの
悲しい疑問

遠い日

そって歩くたてもののむこう側に
たてもののむこう側をつくったのは
だれ？

2

毎朝
窓ごしに見える塔が
育つ

（ぼくをあやつっているんだ
どうしてだか考えさせて）

にらんでは
窓をしめ
考えまいとする

かわりにてのひらで
海の中へふねを押す

でも手がひるがえって空へ
塔も押す

育てる

まったく朝からいいなりに　むっと
出勤する

3

鏡のむこう側はあるか

鏡のむこう側でも
そのことが考えられている

ぼくは手鏡をおとす

その時
鏡のむこう側にとっても
手鏡の位置はかわったか

その考えさえ
いっしょにすすめられて

4

あしが鶴になって
靴が
はけない

朝から玄関で
はげしく母が靴に
ワタをつめる

それでもぶかぶかなまま
ぼくが
鶴のあしで会社へ行ったあと
母は薬局へ
翌朝つめるワタを買いに行く

その音が遠く
会社をかけあがるぼくの耳に
大きくきこえる
大きくきこえる

5

ある日
てのひらに力《ちから》がわく

つよくにぎって
ひろげると
ふねができる

でも
てのひらにわいた
ふねがじゃまで
戸をあけられない

海への

6

遠い日
鶴に
鶴一杯分の意味をそそいだ空が
今朝も早くから
電柱をたらして
はかっている

深くなったね
またぼくは　ぼくの中に

窓を閉じ
肩から深く
鶴をくみだす

7

できあがりの時から
のぼりおりしてきた

階段のへこみの部分には
階段がたまってくる

だからぼくは
階段を
ずりさげるようにのぼり
せりあげるようにおりる

階段で
まだどこへも行けたことがない
そのかわり
いつも階段へ
つらく案内される

ぼくはもう
こういうことから
一段
おりたい

8

両親や
とてもちかい親戚は
ぼくが
彼らの目の前にいない時にも
人間の中だと
確信している

確信のあしをはらい
たおれるところをむかえいれる
ぐあいに
彼らの
角を曲ったところで
軽く
鶴になる

部屋

部屋の
四隅を中央に
集める

そこにぼくを立たせると
四つの方角にぼくは
ひとつだけの背中を
同時に割り込ませなければならなくなる

それでいてひとつの隅に
寄りかかろうとすれば
背中あわせの隅が
その隅を消し去る

ひとつの隅が二枚の壁を従えて
中央にせり出していることに
違いはないのだが

壁は壁で二つの隅を受けもって
しゃあしゃあとして中央へ
来ているので
そこに立つぼくは　どの隅に対する
どの壁にはさまれようかと
部屋の中央を
あっちから覗いたり　こっちから覗いたり

部屋の
四隅を中央に
集める

まずは　この隅に手をつっこんで
つぼまるところを
掬いとって
ここまで持ってくる
四隅を中央に持ってきても
ぼくはもう　そこに立たない

もとあった部屋の四隅の　ひとつに
寄りかかって
中央に持ってこられた四隅が
どんなふうに　お互いを
やっているか
見ていてやろうと
思う

そしてもうひとつ

四隅を盗まれた部屋は
角ばっていた部屋は
どのような新しい位置の四隅に
あてがわれているのか

はたしてぼくらの世界へ
ひろがることが
できる……か

どこかでぼくは
見ていてやろうと
思う

どこかで

敷居

部屋の鶴が掃きだせない

ほうきで
敷居のところまではたやすく
ずらすことができるのに
いつも敷居にぶつかって
掃きだせない

ぼくはせっせと持ち物をふやした

それなのに
部屋から出ていった物を　ぼくはまだ
ひとつも見たことがないのだ

部屋の外ががらにならないか
時々心配になって
窓をあける

（そのたびに世の中が
なだれ込んでいたのに）

敷居のところで
ぼくの死骸だってきっとつっかかって
ほうきを持った母は
とほうにくれる

建築物

建築物の前で喧嘩した
勝ったお前は建築物にそって歩き出し
建築物の角を曲った
負けたおれは建築物にそって歩き出し
建築物の角の
下の方をけずって
口にほおばった
急いで建築物の角を曲り
お前に追いついた
背中をたたいてこちらを向かせ
泣き笑いに建築物を口いっぱいにほおばった顔を
お前に向けた

☆

昼間
おれは庭に穴を掘った
笑いながら
池にするんだとお前に言った

夜
おれは庭へ行った
おれは池になっていないただの穴を指さし
なんだかんだ文句を言った

お前が出てきて
穴をかばった
おれを穴から遠ざけた

おれはお前をふりほどいて
穴を指さし
なんだかんだ文句を言った
なんだかんだ文句を言った

☆

舌を巻いた
巻いた舌をほどくたびに

お前は何かを出した
手品だからおれは喜んで手をたたいた
巻いた舌をほどいて
赤いエンピツを出した
巻いた舌をほどいて
赤いチョークを出した
巻いた舌をほどいて……
巻いた舌をほどいた所で
赤い大きなかたまりを出したお前が
いなくなった　もう何も
飲み込んではいなかったと
赤い大きなかたまりの内側が言った
手品ではなかったので
おれは帰った

☆

説明はうまくいかなかった
お前はまずお前の腕をぬいて
おれに与えた
おれはわからなかった
お前は次にお前の足をぬいて
おれに与えた
おれはわからなかった　次々にお前はお前をぬいた
おれはわからなかった　が
わたされたお前を
おれの所で組み立てていった
お前ができあがった所で
おれがお前に　説明する番になった

☆

届出が遅れていた
届出が遅れても
死ぬことはないが
恥をかく　と
思って書面に字をうめようとペンを握る
はて
ひとつも空欄が埋らない
何を書けばよかったのか

名前とは何だ　生年月日とは
隣で
お前が先に書いてもう届出をしている
おれは白紙のまま届出をする
つっぱなされる　ああまた
同じ台の
空欄

鮫

帰ってきたら
部屋に
鮫がつまっている　ああ
今夜の
おかず　茶碗に
御飯をよそって
鮫の尾から
飲みこみはじめる　でも
太い胴まで口につめ込んだら
勤めの疲れはでるし
口は裂けるし　で
両腕を鮫の胴にまわして寝る
寝るが明日も
出勤
しなければ　と
目を閉じて一気に
飲み込む

なまぐさい　と
会社の角を曲る前から　どなりあっている声が
きこえる　おはようござい
ます

ズボン

朝おきてみたら

どのズボンにもすでに
太い足がつまっている
だから会社へ行けないと
電話する

笑い声がきこえる

チューブをしぼるように
ズボンから足をしぼりだす

みっともない
母のズボンをはいて
みたが
でかけられない
でかけられない

水を汲む

空からとても
遠い
風呂場で
ぼくはうっかり入れすぎてしまった水を
汲みだして
いた

風呂場の窓をあけはなつと
遠く
からむ地平線のかたわら
男が
立っている

風呂おけから水を一杯
汲んでは
その男を見る

だいぶたって気が付く
時々　水ではなく
その男の
肉を汲んでしまっていた

見れば
男の足もとが
ズボンもろとも
ない

ぼくはただ
入れすぎた水を汲みだす
つもりだった

血だらけのズボンの切れはしを
窓から捨て
明るい空から
閉じる

その夜
ちょうどいい水の量にしておいた風呂をわかし
入った

肩までつかると
水面から
汲んでしまった男のにおいが
鼻をつく

地平線にはげしく
汲みだされたい　というのが
むかしからの夢だった

あれは
むこうの方で育ってしまったぼくだったのかも
しれない

少年の頃

この風呂場で
おとなになった日のぼくのにおいをかいでしまい
せきこんだことが
あった

遠く
からむ地平線の
むこう
別の風呂場ではてしなく水を汲みだしている
ぼくのことを
顔をうずめて
考えた

（『榊さんの猫』一九七七年紫陽社刊）

詩集〈肴〉全篇

顔

こいびとの顔を見た

ひふがあって
裂けたり
でっぱったりで
にんげんとしては美しいが
いきものとしてはきもちわるい

こいびとの顔を見た
これと
結婚する

帰り
すれ違う人たちの顔を

つぎつぎ見た

どれもひふがあって
みんなきちんと裂けたり
でっぱったりで

これらと
世の中　やってゆく

帰って
泣いた

肴

ビールでも飲むかい
って
言ってくれたから
それじゃあ今夜は

酔うよ
肴《さかな》は何？

たべたことのない味
三郷《みさと》にショッピングセンターができてね
人魚を一匹
買ってきた

下半身はそうして
刺身
明日の晩は上半身を
焼肉にして
食べられるし……

なるほどね

でも
目があうから

シシャモみたいに
頭からかじるわけには
いかない

あたまつきでぼくは
もう二十七年も
生きた

脇腹へ時々
せつない箸はあてられる

この世は神の
晩酌か

ぼくはこの世の
肴だな

歯止め

てのひらを見て
思う

ここも
うまいぐあいに歯止めがきいている

指はてのひらが五本に裂けて
途中で肉の
歯止めが
きいて
いるが
この歯止めがなく
ずっと
肩のつけねまで
裂けつづけていたらと
思う

君へちからをこめることは
もうない
日々の顔をおおうことも
はげしく涙を
ぬぐう
ことも……

長すぎる指を
執拗に
顔に巻きつけ
ぼくは蒲団をかぶって眠る

五本のひもを両肩から
ぶらぶらさせて
ぼくたちはたそがれ時　たまらない表情で
行き交うんだと
思う

帽子

うちは帽子屋です
昔から
店さきはもちろん
おぜんの下
おしいれの隅
ちょっとすすめた足の下
はては疲れて入ってゆく
ねむりの中にまで
帽子がぎっしりつまっています
帽子を売っているのはぼくの父と
暗い姉
ですが
ぼくは新しい帽子を
仕入れるための　めくれあがるような
遠い朝を
知りません

むしろ客は
黒い父の肩を抱いて
うれしく帰って行きます　どんなふうにもかぶれそうな
　姉を
じだんだふんで買いたがります

ですからうちの　夕食は
いつでも新しい顔が
ちゃわんがわりの帽子に
もられて
さしだされます

ぼくは夕食のたび
カラスの顔になり
帽子の中いっぱいの
ごはんと涙を
ほおばっては
みるのですが……

除草

連休だから
草を刈っておくれと　空を見あげながら
言われた

あらゆる行為を
ぼくへうつしてみるのが
ぼくの癖で……

草刈りへさげた頭の中でも
ぼくはぼくの草を
想像

なにしろうまれてからずっと
ほったらかしだったから

でも切るにしては
どの部分も

かけがえのない痛みをともなう

中に風が吹き
日々の草とともに　なびいているのは
しあわせなことだけれど
このままではたぶん
草ぼうぼうの人で
終えるのだと思う

明日や明後日の　顰蹙《ひんしゅく》をかっているから
毎晩目をふせて
明日にむかえられている

火葬場ではぼくを
えりわけることなどせず
ぜんたいへ優しい火を
はなってもらおう

草を刈ってしまったら　たったこれだけの人だった

なんて
君が空を見あげて
悲しまない　ように

龍宮

今度引越した家の
すぐ近くに
公園がある

そまつな公園なのに
なまいきな噴水が
でんと
あって

噴水は涸れていないから
いつもきれいな水が空へ
ぶつけられている

ぼくはその噴水のこちら側から
噴水と
そのむこうの家を見ているのが
好きだ

噴水のむこうの
貧しい家は水に入って
ぼくの目の中で
龍宮城に変る
夕方だから
割烹着《かっぽうぎ》の乙姫様が
洗濯物をとりこんでいる

おこられて
おこられて中から
少年が
フナの顔をして
とびだしてきた

息が苦しい

いつのまにおぼえてしまったのか
コートの下で
やるせない脇腹の
鰓《えら》呼吸

寒い
ぼくはもう
ぼくを重く乗せた亀の
知恵のない目をして
帰らなければ

脇にかかえた箱には
青山で買った
ケーキ
毎晩ほんの少し
ぼくの帰りを待っていて

くれる
うちのさびしい
タイや
ヒラメの
ために……

ぼくの家は龍宮城の
ちょうど裏に
ある

坂

1

私の中に育つ
坂がある
たとえば鼻の傾斜
ひかがみのおちこみ
額のうつむき
それらも時折
私の足をすくうが
さらに内部
皮一枚で隠されている
坂がある
喉もとまできている坂の
切先が
こめかみを破った
すそはふくらはぎを
破る
私の中に育つ
坂がある
月夜もおとす
坂がある

2

下り坂を
前をむいておりてゆくのは

恐い
あたまが重いからだ
そのまますべりおちて
歯止めのきかない
夢をよくみる
おそろしさに
目がさめて
ふとんの上であっても
恐い
まったいらほど
激しい傾斜は
ない

3

坂をかたずける音がする

その人がたたくと
坂はおきあがる

トラックに積んで
むこうへ持って行ってしまう
見れば
たくさんの坂が　トラックの上で
押しあい
へしあい
している

海へ捨てるのだろうか
埋め立て地はどこも急勾配

ともかく　月夜に
いないいて
トラックは背中を
激しく傾けるだろう

紹介

新館の地下二階で
雪ヶ谷からうつってきた人たちに紹介
された
自己紹介
という形でおのおの名前を言い
よろしくおねがいしますを
かさねてゆく
一人は一人
きちんと自分があてはまっていて
紹介は自分の名前を
妙な場所から
おもいおこさせる
自分の名前を言っては
おじぎをしてゆく
かがめられたその先で
一人は一人
ひどくつらいものを胸に押され
体をおこす
ひととおりすんだところで
まだ顔と名前
おぼえられっこない
と
だれかが言い
みんなが笑って
終る
私たちは自分の机に帰り
午後の事務をつづける
だれもが
久しぶりに会った自分を
書類の下に
かくす

川

四畳半のぼくの部屋に

川が流れた
川が流れて
ふとんをななめに敷きなおさなければならなくなった
それでも眠っていると
ふとんがずれてひとつの端はぐっしょりだ

朝
勤めの前
川をとびこしてネクタイをえらんだり
ふとんをあげたり
した

夜
会社の友達が
遊びに来る
およいだり

小便をしたり　好きに
させて
帰し
安心したところで
また川をとびこして
ふとんを敷く

ふとんの端はまだぐっしょりだ
それで
かわいている所に
体を寄せて
寝た

川風が部屋を吹いて
寒い
のばした腕が
川面にふれる
腕のつけねまで川に沈めて
その勢いで眠る

はなばかりかんで
明日は仕事に
ならないだろうね

川が
口の中を流れ
はじめる

貝

フロ貝フロ貝

ひどい名前をつけられたな

お前の名前を聞いたとたん
ぼくはタオルとせっけん
持ってでかける

貝の顔した人間を
思いうかべた
フロ貝フロ貝

この世の湯加減は
どうだ

思いにまどう
悲しい棒で
もうだいぶ
かきまぜては
いるのだが……

フロ貝フロ貝
それにしてももっと
驚いたのは
標本箱で見つけた
お前の姿形が
人間の踵《かかと》に
そっくりだったことだ

フロ貝の踵から
上へ
上へ
破線の人間を
つくりあげてぼくは
話しこむ　踵から
頭のてっぺんまで実線であるぼくは……

フロ貝フロ貝

いくらこの世にのぼせても
遠い月を
ぬくわけにはいかない
歳月の波打ちぎわで　足をひいても
ぼくは
ぼく自身の風で
湯ざめをしそうだ

競走

そんなに速く走ると
今に君自身をさえ
追いぬいてしまう

みたことじゃない

君が広いグラウンドを
君自身をさがして今度は
走りだす

それにしてもこの青い
空は
どうしていつもひきつづいての
空なんだろう

いつまでも死ぬことのない空の下で
君はうまく君を見つけだし

入りこめたか

はげしい息づかいの中でも
ぼくはつねに
考えている

この世界がなかった場合の
ぼくのことを

するとこの世界が
なかった場合の
ぼくが
考えから
はずみをつけて
走りだす

悲しく脇腹をすって
ぼくをぬいて行く
遠いコースのむこうにも
空

運河

運河ぞいに一軒の下宿屋があった。下に大家の家族が住んでいて、二階の三間、三畳と四畳半と六畳が、下宿にあてられている。私は三畳をかりていた。もっとも、四畳半と六畳には借り手がいなかったので、使おうと思えば二階全部が私の自由になった。大家の家族についてはよく知らない。四十すぎの女にしか会ったことがない。あとの人々はとんと顔を見せない。夜になると麻雀の音がする。

この家は不思議な構造をしている。家の中に階段がない。家をめぐって蔦《つた》が、山腹の道のように撚《よ》りあわされている。家は運河に身をせりだしているので、私は毎朝、両腕で太い蔦をつたいおり、運河を下に見ながらぶらさがっている。ほとんどの朝、彼女はその瞬間に戸をあける。（運河に面して戸があるのは、このためだ）私は一度後方へ体を反り、はずみをつけて家中に踊りこむ。着地は失敗する。用意された朝食もとらずに反対側の戸から、会社へむかう。

蔦ののぼりおりが一日のすべてだ。日々からはえてくる蔦なのだと思う。私はほとんど、蔦から遠ざかるために神を見つめている。それでも休日、はげしく蔦をおりてゆくこともある。運河一本くぐって、煙草を買いに行く。復讐にとりかかる顔を、うつむけて……。

坂の家

坂のすそのあたり
脇の家の鉢植を
どけたところには
栓が隠してあって
それを抜けば坂は
なくなってしまう

ぼくの家は坂の
栓からのぼって
三軒目にある

坂に直角に
たててあるわけではないが
家の中で慣れた身には
玄関を出てからの
姿勢のたてなおしが
たいへんだ

通りがかりの人は
ぼくたちの
暮しのはげしい
傾きを見て
びっくりして
のぞきこむ

家の中で

必要なものは
すべて下りきった場所に
おいてある

用のある者が
それをめがけて　死ぬ覚悟で
ころがりおちてゆく

すめばまた
はいあがって
家族一列　ニコニコ
梁に
ぶらさがっている

綱引

太い
綱が
部屋の中にひきこまれた

目がさめたら
軽くひと引きする

そんなつもりじゃなかったものたちが
ぞろぞろ部屋に
引っぱりこまれて……

ごめんなさい
ごめんなさい
隣のごしゅじん
お食事中に
お膳ごとつながって

ごめんなさい
ごめんなさい
遠く高い塔
自分から落ちそうでクラクラしていた

やさきだった　なんて
ごめんなさい
ごめんなさい
アキヨシメクラチビゴミムシ
アキヨシメクラチビゴミムシ

だけど
心も部屋も
いっぱいになって　ぼくは
思いのようにこれらを
押しもどすすべを
知らない

大きな紙袋がほしい
腕も涙もこぼせる
ぼくは立ちあがった
鼻の穴をふくらませ

負けてなるまじ壁に
足をつっかえ
本気の綱引

どこかでワッショイ
ワッショイ
ワッショイ

茣蓙を敷いておにぎりを食べながら
観戦する真剣な親戚

あんまり強く握りしめていた
せいだ

綱にくっついたてのひらから
むけはじめたぼくは
体全体一枚の皮となってくるりと
むけ
綱と一緒に引かれてゆく

部屋にころがって
ひくひくする　とてもうまそうな
ぼくの剝身《むきみ》

どこへ触れても触れなくても
痛むからだで
ぼくは決心する

これからはずっと
やってゆく　どんなに
せつなくても
剝身《むきみ》にじかに
服をつけ……

服

よそゆきが
ふだんぎになる
そのかわりめの
あつまりが
月日だと　して

服を
歳月へかさねるようにして見てしまうのは
そう考えてから　だ

冬
表参道のホームで
五メートルほどはなれて
男がコートに
袖を通している

コートが幾星霜の
月日なら
コートを着ることは
その人の生を　あるいは

いくどもうちよせては　ひいてゆく
空を
わが身におおいかぶせる
ことで……

歳月
小売りもいたします

暗い工場で
服をぬうように
工員がさびしい
歳月をぬいあげてゆく

よふけ
コートの襟をたてて
急ぎ足でその工場に入ってゆき
ひとことふたこと口論のあと
油紙につつんだ歳月を
脇にかかえて帰ってゆく人……

寒くなってきた　もう
ぼくの話もたねぎれ
猫も肴もねむってしまった
もう一枚毛布をかさねた方がいい
朝がたはひえるよ　オヤスミ

おやすみ

（『肴』一九七八年紫陽社刊）

未刊詩集〈サンザシ〉から

指の街

指に街ができる
指紋にそって家々が建つ
流れ
うずまくことが動きのすべてだ
私たちは一年中うずまく目で
物事を見きわめ
夢へ流れる

だが
思いをせばめては
神は指を鳴らす

街はその日
空から降ってくるさかさの街につぶされる

私たちは指紋のみぞにおりる
息をつめて話しあう
空の石畳と私たちの石畳の
つぶれかたについて
最後にくずれた
街角の声について

指がはなれると出て
ふたたび家をたてる

次に
街が降ってくる
日
まで

サンザシ

サンザシ
世界をすくいとる

てのひらより薄く
思いよりも広いこの花が
感情の起伏を切りとってゆくさまを
じっと思う

窓から顔を出すと
カミソリが降ってきて鼻を切りおとす童話が
あった

その童話の登場人物が
どの人も
鼻をなくしていたことを
思うと
みんな
外を見たかったのだと
つらくなって本を
閉じた

ここはその国ではないから
空からカミソリは降ってこない

でも
サンザシ
この花のようなものたちが
思いよりも低く
かけこんできて
私たちの感情の
足を輪切りにして
走り去る

そのためだろうか

ただひとつの恋を前に

私たちはどのような足ももたず
はじめからあなたの中へ
くずおれている

風景

雨あがりの街並み
時々風景が
しっくりいっていないことがある

どこがおかしいと
はっきりとは言えないのだけど
落ちそうな空や
軽い木
はじめて袖を通した服を
着て歩きはじめる時のような
気分なんだ

そんな日には私だって
君と浮きあがっていて
歩
一歩
風景へ風景をおしこめるふうに
街をすぎる

それにしてもなぜ
君との時には必ず
ひと降りの　雨

だからどんなに
晴れた日にも
その晴れあがりを
傘の先につきさして
でかける

美術館から地下鉄へ
みじかすぎる歩みを大切に

私は昨夜書きあげた詩を
話す

その詩では地平線が
ファスナーのようにおしよせてきて
世界が閉じられ
いきものがふんづまりになるのだが

君は興味を示さない

ただ　ひどくはやかった
同人誌の
あとがきを
あっ
水たまりといっしょに
全身で
よけたかった
と……

君を抱いて
地下鉄へおりる

うしろで空が
晴れあがってゆく
音

はずれる

はずれるのは
はめこまれたものばかりとは
かぎらない

何に
寄りかかっているわけでも
ないのに
いきなりぼくのむこうが
はずれて

ぼくはむこう側へ落ちてしまう
いちどはずれたら　つまらない
うちの下駄箱の扉だって
日曜日
もとにははめなおせない

古い角の風が
靴や
サンダルの
奥
深くから
ぼくの顔を
吹きつける

膝をはたいて
立ちあがり
次は何をはめればいいのか……

ぼくをはずして
朝
玄関の戸をあけると
空がまっさかさまに
ぼくの中をおちてゆく

（新鋭詩人シリーズ『松下育男詩集』一九七九年思潮社刊）

詩集〈ビジネスの廊下〉から

ビジネスの廊下

一　空間の分泌

職場の広がりに
日々
違いがあるわけのものでは
ない

これはこのように広がって　おり
ふくらんでいる

ふくらんでいる
と　言うのは
誤っているかもしれない

粒状のものに
何かを注入して
ここまでの広がりを持ったわけでは
ない

この広がりを維持するために
何らかの努力がなされているとは
思えない

廊下は廊下として興奮もせずに
ひろがり
会議室は会議室として
何の分泌もせずに　広がっている

ところで
私たち固有の広がり
というものも
日々
違いがあるわけではない

私たちはこの
広がりを
廊下の広がりへ
くい込ませるように　して
ねじ込んでゆくように　して
すすむ

私たちの広がりは
何の分泌もせずに
そういうことが　できる

廊下は
私の広がりを　すませたあとも
濡れていない

二　くい込む空間

私の中で
うまく扱うことのできないことの
ひとつに

廊下にくい込む廊下
というものが　ある

交差する廊下
というものに
ほとんど目眩を感じる

木の細工
のように
それぞれの廊下に溝が入れられて
はめ込まれているのだろうか

そうでないとするなら
交点のひろがりには
二重の廊下がふくらんでいることに
なる

過剰な廊下を
つみとる作業は

必要ではないのだろうか
二重の廊下に
私
という広がりが　くい込む時
悲鳴をあげるのは
私の方だろうか

私

一　円筒に近い私

私のことを
見たことのないものに
ひとことで説明はできない
円筒に近い
首
というものがあって
くびれている

立体の
一種

むき出せるものが
ある
歯ぐき

あるいは
色
形がないが
大気をはげしく震わせるものを
顔面から時々
出す
おえつ

穴はうがたれているが
弁によって
ふさがれてはいない

股間が常に
下半に
割り込んでいる

自分自身を
すり込むすべを
その衝動を
知っている

二　バスに乗り込もうとする私

バスに乗り込もうとする私は
下肢の一片を
持ちあげる

固体である私は
その形を駆使して
バスに乗りこもうとする

固体であることのすばらしさは
バスに乗りこんだあとも
以前の形を　とりもどせることだ

うっとうしいくらいの
容積　というものがあって
その容積をバスの中へ持ち込む

バスの内部と
自分の盛りあがりに
むっとする

ふつふつと
盛りあがってくることが
ないかわり

常に固体は
その嵩だけの
バスの乗りこみを　要求される

三　つながっている私

どこをはげしく
まさぐっても

私の皮膚はつながっている
私は一枚皮だと
認識する

感情がはてしもなく皮膚の上をころがってゆく

内臓が内側から
すごい顔で
かきむしっている

私は一枚皮だと
認識する

そのことを言明する唇の
ひきつれが
皮膚全体に
及んでゆく

もう一度そのことを
言っておこう

一枚皮を波打たせ
皮膚の裂け目を
駆使して

四　職場の私

職場の私は
まるごと
である

部分を提供したことがない
美しい断面
も
職場で必要とされる器官は
限られている
皮膚は必要であろう
臓器を引きずって歩くわけにはいかない
顔も
だが職場の私は　まさしく
まるごと
である
上司に呼ばれる
たび
私は性器ごと
近寄るので　ある

江戸川

江戸川の土手を歩きながら
むしょうにおかしくなってきたのだよ
うつむいたまま笑ったのだよ
向こう側があるから
川があるんだと思ったら
たまらなくおかしくなったのだよ
向こう側が取り払われたら
川
どうするのだろうって
思ったら……
すっとんきょうな姿して
のんきに流れ去る川の
あわてふためく姿思いえがいたら

下腹が痛むほど
おかしくなってしまったのだよ
向こう側があるから
川があるのだよ
向こう側が
あるから……
寒風に吹かれながら
その時ふっと
思ったのだよ
なにをはげしく取り払ったら
私が……

とろ
内臓がしめって　しかたがないの
ほら　手
入れてごらん　ぐっしょり

突堤に胃を置き肺を置き　傾けては海へ捨てたい
そういうもの
私はいらない

水門通商店街
だからって乾ききって面やつれした骨と袋

風に吹かれて歩く上から
今度はきれいに
コナでまぶしたものたくさん
たくさんつめてほしいんだがなあ
とんとんと
とんとんとたたけばいくらでも
詰めこめるのだもの　脳ミソもヒビがはいるくらいに
しっかりと
乾燥させ
うっかりついた化石も
こそげ落して　吹いたやつを

ねえ
内臓がしめって　仕方がないの
手　ずぼりと
入れてごらん
手頃な所を
鷲摑みにしてきても
いいよ
とろ

転換社債

小西六
と
言ってみるのが好きだ
六の響きかもしれない
日研化とか日発条も
発条と言うと
どうしても発情のイメージを抱いてしまうのは
しかたがないとして
バネに発情してしまうのは
痛そうだね　あのときに
日本ペ　関西ペ　と散々唾をまき散らし
住友べ　三星べ　とこれはいったいなんだ
三和シャタ　文化シャタ　はせわしないね
シャタに意味をつけたくなる
しゃたる　で　どんな動作　夕暮れの
しゃたい　というのは　たまらなくシャイに似てしまう
ヂーゼル　は懐かしい　ゼームスを思い出したりして
少年ジェットじゃなくて　少年ズエットだった
値段表にズュースとかいてあった
店や
塩の容器に「しよ」と書いたおふくろは
悲しい
椿本チ　に目を閉じて頭から突っ込んで行く
積水化　水を積み
日梱運　日を梱包か　日本をか
東天紅　沖電気　で遥かを臨み

うつむいて　富士通を　通りすぎる時
転換社債が路上で
ぐるぐる回って
小西六
夕暮れにもういちどくっきりと
言ってみる

（『ビジネスの廊下』一九八八年新風舎刊）

詩集〈きみがわらっている〉全篇

にぎる

にぎる　っていうことばは
しっているよね

そのものにせっしょくして
つつみこみ
ちからをこめる　ことだね

で
そのにぎられるものの　おおきさ
つよさによって　ぼくはいつも
ちからを
かげんするんだ

このよで　もっとも

やわらかいものを
にぎるときは

ゆっくりとちからを　そのもののひょうめんに
つたえ
おしかえしてくる　かすかな　いきるちからを
うけいれながら
じぶんのほうへ　すこし
しりぞくこと
なんだ

にぎるものと　にぎられるものが
やわらかくくいこみながら　べつのせかいへ
そのまま
にぎられてゆく

ということかな　きみの
てをにぎると　いうことは

かがみ

つかれるよねって
かがみがいっていた

このよをあるがままに　うつさなければならないって

だってそこには　ひとかけらも
かがみのかんじょうは　はいってはいけないし
かがみの　こちらがわを
ひひょうしては
いけない

でもさ
その手かがみを　テーブルのうえに
そっと
おいてごらん

そのたいらなめんを

じっと　みていると
そのひょうめんが
かすかに　ふるえているのが　わかる

それは
ほんとうに
かすかな
ふるえ　だから

かがみが　ふるえているんだか
このよが　ふるえているんだか
ふたつのあいだにはさまった
さかいめにも
どうしても
わからなかったんだ

ねむりはね

ねむりはね
すこしずつきみの
かおに
ふってきて
かおぜんたいに　つもってくる

こん　やはん
こうせつはますます　はげしくなり
きみのかおの　さんかんぶや
しがいちにも
はげしくふりつのるだろう

それでね
きみのねむりの
しずかなさかみちの　とちゅうに
ふるびた　かんだんけいが
つりさげられていて

いつもおなじ　やさしさの
おんどに
きみはせってい　されているんだ

泣いているときに

ないているときに
りょうてでかおを
おおうのは
めはなのずれを
なおすため？

そんなにはげしく
ないたから
けさは　まだきみのかおの
すいめんで
めはながただよって
いるからね

はげしいかんじょうは
すいしんふかくに
しずめたほうが
いいよ

きみのかおの
いちばんとおくの
すいへいせんの
むこうから

おおきななみが　おしよせて
きて
めはなが　ながれさったら
どうする？

きみがわらっている

いっしょうけんめいっていうのは
どういうことなんだろう

きみがはなしているのをこちらからみていると
きゅうにふきだしたくなってしまう

そういうありかたを
ありえないかくどから　のぞきこんで
テーブルにひたいをいくどもぶつけたくなる

ひかりがじゅうまんしているきっさてんは
みえるくうかんが　きっちりとぬいつけられていてきらいだ

ときどき足なんかがつきでてくる

うらうちされているんだろうか
すべてはぬりこめられているんだろうか

ふるえていたコーヒーカップのすいめんから
きゃくせんの鼻がじょじょにでてきて……

このよでいっしょうけんめいっていうのは
どういうことなんだろう

きみのこちらがわに日をおとして
わらっていると
まぶたのうらを　さんざん
ばくはされる

まち

ぼくはものをみすぎたかもしれない
めのなかにふうけいがたまって　いたい

めぐすりをさして
わすれさるにも
わすれたあとの　町が
ぼくのなかに　いくつものこっている

それはとうにわすれさった町だから
その町のなかでどんなことがおきようと
ぼくはきづかない
その町でどんなひとがはなしをしていようと
ぼくにはきこえない

ただ
むしょうにさびしい空に
たかい鐘がなる
そんなひびきあいをしている日がある

めのまえのみあきた空と
ぼくのなかの
とうにわすれさった町にひろがる

今でもまっさおな
空とが……

ときどきむねがいたむのは
きっと
その町でもめごとがあって
いく人かの死体が
ぼくのかべに
たおれかかったのだ

いつの日か
その町のひとびととの　とおい
いさかいがあって
ぼくはうちがわから
ころされるかもしれない

おおきな　せんしゃが

おおきな　せんしゃが
きみのまどのそとを
なんだいも　とおっている

せんそうでもないのに
どうしたんだろうって
きみはだいどころで
シチューをかきまわしながら
ときどきまどの　そとを
みている

きみはなんにも
わかっていないんだ

まどのそとの　せんしゃのことも
ぼくがきみを
どんなに　おもっているかも……

きみがシチューを
かきまぜているあいだに

せんしゃは　おおきな
せんそうを　いくつも
けいけんするだろう

くにの体制は　いくどか
かわって

きみのすんでるたてものの　そとかべには
おおくの銃弾が
うちこまれ　それぞれにそのおおきさの
そらが
うめこまれる

きみはそれでもシチューを
かきまわしている

きみはなんにも
わかっていないんだ

まどのそとを
もう　うつくしいせんしゃは
とおらないだろう

ぼくは
あるひ
やわらかな砲弾に
こなごなになって　しまうだろう

そういうことだよね

きみには
きみの嵩《かさ》が
あるよね

あたりまえだけど
そのぶんだけ
きみのばしょに
きみがいるんだ

きみは　そこから
あらゆるものをおしのけて
あきらかにそこに　いる

いきているって　そういうことだよね

きみがびっしり　つまっている
くうかんには
どんな大気も　はいりこめないし
うみがそとから　おしよせることも　ない

（きみのこいびとだって
きみのうちがわに

すこしはいって　くるだけだ）

きみのくうかんに　あるひ
とおくから砲弾が　うちこまれる

きみは被災
するが
でも　と　きみは
うでの傷口をみながら
いう
いきているって
そういうことだよね

むすうの　ほうだんを
うけつづけて
ゆくこと

そのためのいちまいの
さびしいひょうてきで　あること……

アパートのね

アパートのね
ぼくのとなりに
ちいさな　さかみちが
ひっこしてきた

ゆうがた　ぼくのへやのとびらを
ノックして
はじめての　あいさつに
きたんだ

タオルをもって　よろしくおねがいします
と
いうのは
いいけれど
やっぱり　さかみち
だからね

かたに　きれいなゆうひを
のせているし
ひとびとがそのひとの
せなかを　せわしなく
ゆきき
している

「わたしはね　さかみちとして
あなたにめいわくを　かけないように
せいいっぱいの　どりょくを
しますが

さかみちだからね
すこしだけ
よのなかを　かたむけてしまう

だから
もしあなたの
へやが

しんや　ちょっと
かたむきはじめても
ゆるしてください

で　そのけいしゃが
ゆれはじめても
あわてないで
ください

たんに
となりのへやの
さかみちが　かたをふるわせて
ないている
だけだから」

きみは　きみのへやで
きみは　きみのへやで

すこし
きをつけなければならない

かべにかかった　ふうけい画の
その　さかみちのおくから
じてんしゃにのった　しょうねんが
きみをめがけて
かけおりてくる

それから

まどからみえる
はるかな　くも
きみが　かおをうつむけているすきに
どっこいしょと　まどわくをのりこえて
はいりこんでくる

きみは　だから
コーヒーをのんでいるときにも
きをつけて
いなければならない

ちょうどコーヒーカップから　もちあげたスプーンの
その　たかさから
きみは　すきとおってしまい
だきしめたぼくの　うでのなかを
きれいに　コーヒーが
つうかしてゆく

あいれん

せかいじゅうでいちばんかぜのふかない土地へ
きみをつれてゆこう
日々はあふれるようにあらわれ
それでもけっして　あまることはない
小石は小石になったばかりだし
空はつねに　こされている

君の肩がふたつあるので
肩ごしのふうけいも　ふたつうまれてしまう
そのふたつのふうけいを　ぼくのなかで　むすんで
ほどけない位置へ
きみのうつむきをあてよう
愛と憐を
愛と　憐を
こんこんとわきあがらせるのでもいいし
しずめてしまうのでも　いい
せかいじゅうでいちばん　みずのおおい土地へ
きみをつれてゆこう
どこへいっても
つまさきがいのちのみぎわを
ひいてしまう　土地へ

これは

これは　みみ

きみじしんのは
かがみへ
ほうりなげてからでなければ
みえない
かがみのおもてへ　さっきから
ふりしきっている　から
もうすぐかたちも　よばれてくる
みみへ
きみをあて
きくということを　するのなら
かがみのなかに
ふたつおりにもみつおりにも　して
しまわれていた
叫喚が
しずくをたらしながら　きみの
外耳から
みをなげる

このごろ

この頃
かたまらなくてこまるよ
ひとであるところがね
ゆるんでこまる
くしゃみをするとね
ほどけそうだよ
かたのあたりの　のりしろが
はがれてね
ずっとさきでおさえておかないと
どんどんはがれてゆきそうだ
きみはいいね
まだまだひとかたまりだ
前面にめはなをあつめて
ひどくわたしに
かたりかけることがありそうだ
といかけられて
こたえをまたれるとね
わたしのがんめんを
きみのといかけがのりおりしているようなのだよ
つらいのりものに
してくれるなよわたしを

かたりあっているとね
こえよりもしずかにからだがはいってゆく
わたしをはたいて　きみがきる
ひとのなかのひとは
おなじばしょにほんの二の腕をのばすことができる
やさしい　いっしょくただね
でもわたしは
わたしをきみからひきずりだすよ
まどにもたれる
まどからみつめるわたしの肩に
その
のりしろのうえから
おさえてくれているのは
きみのてのひらだ　けれど

はげしくはがれて
私の前面は
きみのてをふりはらって
おれまがる

ゆうびんうけが　ぬれているのは
ゆうびんうけが　ぬれているのは
ふうとうのなかに
海がすこし　はいっていたからだろうか

きみのうえで
そらはあくまでも
たかく
あてながきの　まわりを
うみどりが　きもちよさそうに　とんでいる
びんせんを　ひきぬく　きみの

ほそいゆびも
もちろん　ぬれてしまい
しずくをたらしながら
ぼくのおもいを
よみはじめる

めを　とじれば
すいへいせんが　ぐっときみへ
ひきよせられ
きみのからだに　まきついてゆく

よこはまし
あおばく

きみがすむ　まちでは
いつも
まがりかどの　むこうから
なみしぶきが
くる

れんあい

ねえ
ゆだんしているとね　きみはきみを
たもてない

きみからきみが　ぼろぼろ
はがれてしまうんだよ　だから
きみには定期的な　てんけんと
ほしゅうが
ひつようなんだ

ねえ
こんなに　あかるい　まどべのきっさてんでもね
きみがきみで
ありつづけるのは
とてもたいへんな　ことなんだ

ほら

コーヒーカップのなかに　きみのきおくや
しぐさが　ぼろぼろと
はがれおちている

きみを
たもってゆくと　いうこと
その　おとこのこのような　ものいいと
あごのしたに　まだ
のこる
できもの
それらすべてを　ぼくは
すきだけれど

ねえ　いつまでもきみが
きみでありつづけられる　ように
わくぐみをきみの　ぜんしんのまわりに
めぐらせて
きみをほしゅうして
くれないか

こんなにあかるい
がらすばりの　きっさてんの
なかで
ぼくはそのあいだ
ぼろぼろこぼれおちるきみを
りょうてで
たいせつにすくいとりつづけるだろう

（『きみがわらっている』二〇〇三年ミッドナイト・プレス刊）

〈未刊詩篇〉から

初心者のための詩の書き方

I

とても好きなものは
詩にできない
そのものが言葉よりも近いから
そういう時は詩なんかいらない
詩にできるのは
あるときとても好きだったもの
あるとき
というところが肝心
ある時点で意識から遠くへ放り投げられ
そんなものはもうどうなったってかまわないと思う
その「どうなったって」が詩になる
いまとても好きなものなんて

たいてい何の意味もない
ほんとうにせつなくなるのは
とても好きなものがそうでなくなる瞬間
そこにうすい膜がはりつめていて
それを通り抜ける瞬間なんだ
どうしてそうなるのかはわからない
わからないところを見つめて生きていけってことなんだ

2

遠いものどうしを並べると詩になるって
よく言われる
でも
遠いものどうしを並べても
詩になることはあまりない
むしろ
そばにあるものを並べたほうが詩になる
例えば窓と窓枠
窓と窓枠について
目をとじて考えてみよう

窓枠が窓に触れているその感触や
どうにもやりきれない感情
あれほどそばにいて
どうして平気でやってゆけるのだろうという疑問
瀬戸際はいつだってさびしい
それからもっとさびしいのは
たいてい窓ではなく
窓枠
中心ではなく枠のほうがいつだってさびしいんだ
君のにのうでが
好きな人のにのうでにふれる
たしかにいつもさびしいのは
君の外枠だろ

3

いくらきれいな詩を書いても
なんにもならない
それはただそれだけのことなんだ
この世に何も付け加えないし

自分の中の何かが変わるわけのものでもない
それはただきれいな箱をひとつ
こしらえただけなんだ
作り上げたときには
その中にあらゆるものが盛り込まれるだろうと思う
でも
だんだんわかってくる
いくらきれいな詩を書いても
なんにもならない
何も書かないのと違わない
君がすわっていた椅子にその詩を
そっと置いてみたって
それはただそれだけのことなんだ

4

人の詩に強く打たれたことがなければ
よい詩は書けない
優れた詩集を読んでいると
自分の感性に寄り添ってくれていて
まるで自分が書いたかのような錯覚をおぼえる
もし自分にもっと才能があったら
おそらくこの詩集を出していただろうと思う
詩を書くって
その思いを現実にしたい一心だと思う

5

うっかり失くしてしまった詩を
思い出しながら書く時ってある
同じ雨が降らないように
一字一句同じものはもう書けない
でも
前よりもどこか落ち着いた詩になってくるのは
二度目の人生だからか

どうしてもしっかりした詩が書けない時は
ワザと失くしてしまうのは
どうだろう

6

最初の一行が担うものは大きい

詩の始まりは
現実との段差をできるだけ小さくする

いつのまにか詩の中に入って行くのでいい

いつのまにか詩の中で息をしていて
いつのまにか詩の中で叫んでいるのでいい

いつまでも詩の中に住んでしまって
帰るのを忘れてしまっても
かまわない

7

詩を書くためには特別な道具はいらない
特別な出来事もいらない

特別な能力も　特別な知識も　特別な勇気も　特別な自
信も
特別な資格もいらない

面倒な申し込みもいらない

雨が降ってきたら窓を閉じて
いつもの時間にいつもの部屋へ
そのままのありふれた君が集まってくれれば
始められる

8

詩を書いていると
自分のための単語に出会うことがある

恥ずかしげに君の方に近づいてくる
もう
日本語であることを捨てて
君のための言語になる覚悟を持つ
その言葉が入るだけで
詩は確かな奥行きを持つ
そんな単語が幾つか集まったら
君は君の中庭に
静かな厩舎を建てておこう

9

詩を書いていると
新しいものを生み出しているというより
もとの形に戻しているような感じがする

特によい詩が出来た時には
もともとあった詩に
散らばっていた言葉をはめ込んだだけのような気がする

だから
詩が完成した時に
それがどれほど懐かしく感じられるかによって
完成度がわかる

10

詩が書けない時は書かなければいい。でも、書けなくても書きたい時って確かにある。その思いが君を詩人にしている。実際に自分が書いてきた詩にがっかりしている間は大丈夫だと思う。書きたくても書けない詩が、君の中で少しずつ育っている。気がつけば君から、君よりも優れた詩が生み出されている。

11

詩を書くことの喜びは、書いたものが自分を超えてくれることだ。爪先立ちしても届かない場所に、手形をしっかりと残せることだ。ありふれていて、なんの取り柄もない自分が、人と違ったものをこの世に残せるという驚きだ。感じたこと以上の輝きを、文字の中にひっそりと閉じ込めることができることだ。

12

言葉に溝が掘られていて
流れ行く先の決められたものを詩とは言わない
詩は舟ではない

制御できるもの
宥めることのできるものを詩とは言わない

言葉が自身に溝を掘り
渦を巻いてこの世もろとも落ちてゆくものを詩と呼ぶべきか

詩を侮ってはいけない

13

ホントに書かれなければならない詩って、たぶん一篇だけだと思う。あとの詩はただその周りをうろついているだけ。でもその一篇は、必ずしも代表作とは見做されない。一見地味で、そっとノートに残されたまま。ノートは時々開かれるんだけど、詩は殊更訴えない。たいてい詩人よりも物静かにできている。

14

君がもっとも触れられたくないこと
君が見て見ぬふりをしてきたこと
だれにもわかってもらえないだろうこと
いつもの君には考えられもしないこと
この世に残しておくべきではないこと

それを詩に書く

15

どんなに経験があっても、新しく詩を書く時にはわからなくなる。でもそれってあたりまえ。もともと詩の書き方なんてどこにもない。どうやって書くかを見つけるそのことが、詩なんだと思う。自分の感性の弱々しさを見つめる。その眼差しが、たまに君を詩に導いてくれる。

16

今夜書き上げた詩は
君にとっては何十篇目なのかもしれない
でも
その詩にとっては初めてこの世に出てきたことなんだ
詩が出来上がることに
慣れてはいけない

君だって自分で選んで生まれてきたわけじゃない

一篇の詩が生まれることを
なぜ奇跡と言ってはいけないだろう

17

「星の王子さま」に、酒を呑んでいるのが恥ずかしいからさらに呑むという話があった。詩も似ている。前に書いたのが恥ずかしい出来だから、さらに新しいのを書く。でも、人に見せるのが恥ずかしくない詩なんて、詩ではない。恥ずかしさを共有することにこそ、作る喜びがあるのだと思う。

18

「現代詩手帖」は本屋へ行けば買えるけど、感受性はどこにも売っていない。ホントはもうひとつくらい力のある詩誌が、この国には必要だと思う。いつもそばにいてくれる詩人は大切だけど、そばにいてあげたくなる詩人というのもいる。

19

翻訳詩って、グッとくるものがあまりない。詩というのは、母国語を裏切ることで成立している。だから、よその国の詩を翻訳しても、その裏切っている部分がこぼれてしまうのだと思う。イイなと思うものは大抵、詩の中の散文的なところだったりする。詩は国境をまたげない、内気なジャンルだと思う。

20

どこに隠れていたのだろう。五年前に書いた詩のつまらなさが、やっと見つかる。結局、最も読み取れないのは自分の詩。これを人目に晒していたのかと思うといたたまれなくなる。表現って、いたたまれなくなることから目をそむけること。そむけることによって見えなくなることも、もちろんある。

21

細部にわたって綿密な文章を書いている人が、座談会や講演になると浅い内容のあたりまえのことしか言えない、ということがある。手加減をしているとは思えない。語り言葉は何を取り落とすのか。あるいは、文章というのは活字を通すと読者をケムに巻けるのか。

22

詩は、詩集にまとめられるとなぜか立派に見える。著者がまずそれに驚く。詩集が勝手に語り始めるものが、著者の思惑と遠ければ遠いほど作り物の輝きを持つ。興味深いのは、その詩集に選ばれなかった詩も、その輝きに与することだ。ノートに置き去りにされた詩の完成度が、むしろ詩集の価値を決める。

23

書かれた詩と読まれた詩は
いつもかすかに同じではない
詩を読む人は遡って
その詩を書き換えようとする人
詩はどんな器にも入らない
溢れたところから詩になる
詩は鏡に映らない
通り抜けた向こうでちゃっかり別の詩になる

24

人の詩は大人に見える。出来上がった詩は、みっともなくアタフタしたことを隠しているから。こんなに年をとっても、数年前に書いたものが幼稚に見える。幾度も成長している、というわけじゃなくて。書いたモノを家族に見られるのは恥ずかしい。家族だけ特別って、性のことに似ている。

25

私はできなかったけど、詩を真面目に書いている人は、やっぱり五年おきに詩集を出したほうがいい。夜寝る前に歯を磨かないと気持ちが悪いように、ずっと詩集を出さないでいるのも普通じゃない。「私の解釈した世界はこれですよ」と、しとやかに生存を提示できるのは、詩集しかないと思う。

26

よくやってしまう失敗に、一つの詩に複数の思いを入れてしまうというのがある。書きたいことなんて、もともと大したものではない。そんなのをいくつも詩に押し込んだら、ただわけのわからないものになる。削ぎ落として一番シンプルなものだけを残す。それでもわけのわからないものになったら、捨てる。

27

初めての詩集を作る時って、手元に詩が沢山ある。そんな時は、投稿で落とされた詩も丁寧に読み直してみる。一篇では目立たなくても、詩集の中では思わぬ役割をはたす詩がある。そんな詩はきちんとすくう。詩の並べ順を変えながらうっとりとみとれている。物書きの、滅多にない至福の時かもしれない。

28

一度詩集を出したら、もう詩集を出す前の君には戻れない。嬉しくも悲しくも世界は変わってしまう。ひっそりと書いてますとはもう言えないわけで、むき出しで舞台に放り出される。ある日、思いもよらぬ人から深い感想が来ることがある。そうなのかって、知らない君が君に与えられる瞬間だ。

29

詩は好きで読むけど書きはしない
という人がいる
苦しくないのかなと思う

詩についてずっと考えていたら自分の詩に飽きてきた
という人がいる
飽きてからが凄いのにと思う

言葉さえあれば本当の世界はいらない
という人がいる
優しく手を握ってあげたくなる

30

夭折した人をよく天才詩人と呼びたがるけど
そんなに沢山の天才がいたわけはない
君を好きな人の評価は全くあてにならない
騙されないで
君の詩は君が正当に評価してあげる
あらゆる可能性で貶めてみる
イヤなやつになりきる
それでもまだかすかに光るものがあった時にだけ
作品と名付ける

31

詩を学ぶということは
自分の詩のつまらなさを知ること
なんとかしなければと思うことが
詩の奥に触れる取っ掛かりになる
だからと言って俄かには変われない
相変わらずダメな詩しかできない

どうすればいいんだろうというひたすらな疑問まっすぐな問いだけが君を救ってくれる

32

詩は体験の直接性、つまり真実を歌うものだと、与謝野晶子論で新井豊美が書いている。この言葉、自分の書いた詩を評価する確かな軸になる。来る日も来る日も地に足のつかないキレイゴトや感情語。もし突然、与謝野晶子が部屋に入ってきても、慌てずに見せられる詩が私にはあったか。

33

現代詩という呼び名は妙だ。でも中也の詩とは違うということはわかる。どんなジャンルも、創成期の優れた人たちが肝心なところは書き終えてしまう。だからその後の詩人は、やらなくてもいいような飾り付けをひたすらするだけ。それでもいいんだと思う。飾り付けの行為の寂しさにも、詩の震えはある。

34

ネットに詩を載せることは恐い。冷ます期間があまりに短かすぎる。旧来の詩集や詩誌ならば、もっと能力を飾る機会はある。しかし、だからこそこの媒体をその可能性の極限で乗りこなす必要がある。ここから詩は新しい次元へ導かれてゆくだろうと私は信じる。それを成し遂げる詩人がきっと現れる。

35

学歴と仕事の能力には関係がないように、学識と詩人の深さにも関連性がない。日本の詩人は怠惰だと、言われ続けて依然懲りない。言い訳ではないが普通に学ぶと却って詩が迷走する場合がある。学ぶべきところが違う。ひたすら徹底して書いていれば、自ずとどこを補えばいいかが見えてくる。

36

詩は育て上げるもの。作りながら欠けているところを埋める。ナヨナヨしていれば背中をどやす。あっちから眺めこっちから眇めして、一人前にしてから発表する。でも、生まれつき育ちたがらない詩もある。あるがままの姿で、そのままでこの世に出してくださいとこちらを見つめる詩もある。そうしてあげる。

37

作品を発表してもいいのは、その人の能力を超えた時だけなんだと思う。自分を超えるって、容易じゃない。でも、モノづくりにのたうちまわっているうちに、自分の背丈が上から見える瞬間がいつか訪れる。その過程は覚えられない。書き始めるたびに、箒にまたがって、自分を信じる。

38

詩は貯蔵品ではない。いくらたくさんの詩を書いたからといって、いつまでも倉庫の棚にしまっておくものじゃない。生まれ出た時のかけがえのない体温が、徐々に失われてゆく。晴れた日には倉庫から連れ出し、適度な時期に適度な舞台へ背中を押してあげる。その勇気を含めて、創作というのだと思う。

39

キーボードに詩を打ち込む時代が来るなんて考えもしなかった。詩は四百字詰めの原稿用紙に、2Bの鉛筆で書いた。興に乗ると指に力が入って、文字はだんだん濃くなる。強い筆圧は、たぶん用紙の奥へ破れて別の世界へ入り込んでいた。私の文字たちは、それぞれの枠の中でじっと膝を抱えて待っていた。

40

どんなに人の目に晒しても
詩の読者は増えない

詩に惹かれる人って
予めそう決められて生まれてくる
言葉の子供に生まれてくる

人の姿はしていても
カラダはテニヲハでできている
息なんてしない
大切な言葉だけ吐き出して死んでゆく

どんな時代になったとしても
その総数は増えはしない

41

書けない時は、人の詩を真似るのではなくもっと自分らしい詩を書く。とっくにうんざりしていて、散々飽きて、またこんなのかというような詩の奥にしか、新しい詩は生まれない。どこまでひどい失敗作を書けるかをトコトンやってみる。一種類の君しかいない。何も取り繕わない。君自身も、詩も。

42

詩人では食べて行けない。だからみんな、別に仕事を持っている。ただ人によって、詩と仕事と、どちらかに傾いた人生を送っている。私はたぶん、詩人よりも勤め人。詩なんか書かなくても生きて行ける。だから書く。

43

青年　詩は私に書かれるまで、どこで何を、していたのでしょうか。
老人　……
青年　どんな姿勢のときに詩は、私を訪れるのでしょうか。
老人　……
青年　詩が私を避けていると、思うのです。ときどき人のように。
老人　……
青年　詩のいったい何を、信じればよいのでしょうか。
老人　……

青年　詩を思いつく瞬間が、こわくてしかたがありません。
老人　……
青年　発想とはつまり、激しく襲われることでしょうか。
老人　……
青年　詩が私に、何をしてくれるのでしょうか。
老人　……
青年　詩をにぎりしめるような気持ちで、生きてゆくことはできるでしょうか。
老人　……
青年　私は詩を、開け放つことができるでしょうか。
老人　……
青年　詩は私を、どこへおくりとどけようとしているのでしょうか。
老人　……
青年　詩が老いてゆくのを、どうしたら平気で見ることができるでしょうか。
老人　……
青年　詩をなぐさめることにも、飽きました。
老人　……

44

いったん詩を作ってしまうと
もうそこから抜けられなくなる

一度詩人になってしまうと
定期的に詩を作り上げないといたたまれなくなる

慢性病の一種か

完璧に詩人が抜けて退院した人はいない

一見そのように見えても
永遠に詩作品にたどり着かない詩人が
一人出来上がるだけ

45

震災直後に震災の詩を書くことを批判した文章を多く見た。ロクな詩がないと。私は震災の詩は書いたことはないが、どこか私のことを指しているように感じた。私はここにある。皮膚に触れる世界はいつも揺れていた。ただそのことを報告している。詩という括りはいらない。

46

一篇の詩が優れていると感じる時
実はその内のたった一行だけが優れている
一人の詩人が優れていると感じる時
実はその内の一冊の詩集だけが優れている
詩の一行が優れていると感じる時
実はその内のひとつの言葉だけが際立っている
詩を読むとはそういうことか

47

「君の詩には飽きた」と、二十代の頃から言われていた。だからある時期、自分のものでない言葉で書いてみた。でも、それで何かが生み出せるわけがない。結局うなだれて戻ってきた。飽きようがどうしようが、よそ見なんかしなくていい。生きていればこの世とすれ違う。すれ違った時の痛みを書く。

48

すぐれた詩人の詩を真似ても、ロクな詩は書けない。どんなに器用に枝葉を変えても、ツギハギは見えてしまう。幼稚でも拙くても、発想の始めのところから試みることが大事。作品として成り立つかどうかの保証なんてない。一緒に恥をかくかもしれない。だから自分の詩は、愛おしい。

49

詩は二度冷ます。まずはテーマにしている現実を冷ます。すぐには書かない。近すぎて顔を上げられないから。何年か後に、正面から見つめられるようになったら書く。それから書き上げた詩を、手元で静かに冷ます。熱すぎてとても読み取れないし、自分に公平になれないから。だから詩は二度冷ます。

50

君の詩が新しいと言われたら
それは褒め言葉じゃない
気をつけたほうがいい
むしろ
君の詩がかつてどこかで読んだことがあるような気がする
と言われたら
それは褒め言葉だ
ひねくれたものの言い方かもしれないけど
それは本当なんだ
真に新しいものは
いつかどこかで経験したことがあるという感じがするものなんだ
だから
君の詩が新しいと言われたら
それはかつて書かれたことのある詩の内のひとつでしかないんだ
詩の世界では
「新しい」というのは
単に「風変わり」という意味でしかない
そして「風変わり」な詩というのは
いつの時代にもあったし
決して本当に新しいことではないんだ

51

出来がよくなくても、一旦完成した詩を捨てるのは辛い。なんとかならないかと前後を入れ替えたり言葉をさらに飾ってみても、ただ壊れてゆく。せめて一部でも残しておきたいと思っても、鮮やかな一行があるわけでもない。ありふれた、いつもの君が作りそうな詩が、名残惜しそうに君の袖口を引いている。

52

いつもの内容の無難な詩を発表するか、冒険をして新しい角度からの詩を出してみるか、迷うことってある。せっかく感覚を試せるのだから後者にしようと、最後は決断する。ところが、ハタから見たらどちらも変わらず、君の狭い感性の中だったりする。真に新しいものって、大抵自分では気付かない。

53

詩を書くとは
突飛な発想を追い求めることではない
ありふれた発想をとことん見つめることだ
ありふれた発想と我慢比べをすることだ
そのうちにありふれた発想のほうが
目をそらす
その一瞬の悲しみを書くことだ

54

詩人に任せても同じ場所でウロウロするばかり。日本の詩は、編集者がもっと導いてもいい。かつては原稿は大抵、総武線沿線の喫茶店まで持って行った。コーヒー越しに原稿を差し出す。編集者がそれを読んでいる間は、いつも逃げ出したくなった。日本の詩人は、もっと追い詰めれば、ましなものを書く。

55

詩は常に
一人目の読者を探している
この世にたった一人
その詩を読みとれる人がいるはず
でも
その読者に出会えたかどうかを
詩人は知るすべがない

詩人が死んでのちに
行き会えるのかもしれない
詩は常に
一人目の読者を探している
だから詩には
尋ね人の願いを込めたい

56

書いたものは通常、人に通じない。わかってもらえることは滅多にない。でも、通じさせるために詩の腰を低くしてはいけない。そこまでして増えた読者になんの意味があるだろう。詩を作り、手渡すことの厳粛さに立ち戻る。書き手と読者の関係は、深めあう孤独でありたい。

57

詩人に二種類ある。衝動の果てに詩人になる人と、学問の先で詩人になる人。書かれる詩はずいぶん違う。用語法も違う。詩の読み方も好みもかなり違う。ただ、双方が理解しあえないかというと、そのようなことはない。

書かれるべき詩はただひとつ。とても敵わない部分を、しっかりと認めるならば。

58

自分を大きく見せようとしている人とは話をしたくない
それと同じ
すごいことを書こうとしても
詩はできない

この世に君が生まれ
日々の呼吸をし
じっと瞼を閉じることができる
それ以上に凄いことなんてない

当たり前なことに打たれながら
少しだけカケラを
書かせてもらう

59

詩は、常に書き続けていなければ新しいものは見つからない。格好つけているヒマなんてないはず。原稿依頼が来て、久しぶりに、さて書くぞと決めて書いたものなんて、たかが知れている。詩は、生涯のながい続き物。どこまでたどり着いたかにしっかりと目を凝らし、最後まで書き終えることが私の意味。

60

私が小学生の頃、先生はこう言った。「詩を作る時には、思っていることを素直に書いてください」。そんなわけはないと、私は感じた。子供なんて、みんな同じでつまらないことしか考えていない。詩を作る時には、だれも思いつかないことを、笑われない程度に書こうと思った。

61

死ぬっていうことはね
晴れた日にトラックに乗って
べつの町に引っ越すのとは
わけが違うんだ
自分がいないっていうことを
いまある自分に理解させることは
とてもむずかしい
本当は
はるかさきの手の届かないところに自分がいて
それをこの世でやらされていただけなのだということに
気がついてしまう
たぶん
自分がいなくなるということは
「恐い」という感覚とは
まったく違うことなのだと
思う
でも
それを的確に言い表す言葉なんて
だれが考えつくことが
できるだろう

62

詩は器から創り上げるものだから、とんでもなくくだらないものを書いてしまう可能性がある。いつも安定してよい作品が書けているように見える人も、ホントは一篇ごとに恐がっているはず。確かに時々、どうしようもない作品を提示する人はいる。でも、そういう人こそ突き抜けた傑作が書ける人でもある。

63

どうしても書けない時は書こうとしない。発想って、頑張れば湧いてきてくれるほど素直にできてはいない。詩を書くために生まれてきたわけではないし、詩なんかなくても生きていけるという所を何気なく見せてみる。ホントは命をかけて、書こうとしているわけだけれども。

64

昨日書いた詩を
疑うのが詩ではないか

昨日書いた詩を
消し去るのが詩ではないか

昨日書いた詩に
復讐するのが詩ではないか

昨日書いた詩に
絶望するのが詩ではないか

昨日書いた詩から
逃げ去るのが詩ではないか

昨日書いた詩を
笑いとばすのが詩ではないか

65

著名な詩人ほど
優れた詩を書くのは難しい

投稿欄よりも劣った本欄の詩なんてザラにある
その詩人がかつて書いてきた詩は忘れて
詩は読もう
人の感想や世間の評判を無視して
詩は読もう
誰でもない君が君の内に育てた震えを基準にして
詩は読もう

そんな読みだけが
詩を書くことに繋がる

66

現代詩独特の表現って、ある。無理に言葉を複雑にして言い回す。使うのは自由だけど失うものも多い。自信を持ち始めた詩人に多い。そもそも中身が希薄なのにどんなに表現を凝らしてもナニモノにもならない。書き上げた詩を一旦、真っ当な日本語に書き直してみる。それで耐えられるか見る。自戒を込めて。

67

詩の読者を侮ってはいけない。詩を分かりやすくして読者を増やそうなんて、くだらない発想はもうヨシにしよう。歩み寄られる読者も迷惑だろう。どこまで先鋭でありうるかにかかる。言語内言語を共に育てている。もたれ合っている暇はない。

68

現代詩とは妙なジャンルだ。読者は、自分の読みになかなか自信を持てない。むろん、優れた作品にはキチンとした受け止め方がある。その受け止め方も含めて、作品が担っている。理解度の検定試験があるわけのものでもなし。強く惹かれる詩を抱える腕の重さこそ、理解といえるかもしれない。

69

読者がいるかどうかというのは、詩人にとってはどうでもいいこと。書くことに夢中な時は、特定の誰かに顔を向けている暇はない。ただひたすら作品と顔を近づけあっている。どこまで思いが言葉に変わるかの果てを見つめている。読者が気になりだしたら、もう詩人としては緩んでいるのかもしれない。

70

なにも書くことがない
ということが
詩にとってはもっとも大切なことなんだ
当たり前ではあるけれども
そのことの厳粛さを忘れてはいけない
私に書かれるまでその詩は
どこで
どんな息をしていたのだろう
まだ生まれていない詩がどこかで
（私のために）
うずくまっていたんだ
そう思う

71

出来上がるまでは、この詩で世界は確実に動くだろうと思っている。出来上がってしまえば、揺れているのは自信ばかり。書き物が現実に影響を与えるなんて、滅多にない。でも、書くということは、いつもそれを目指している。思い上がっていないと、詩なんて書けない。

72

君が君の詩に飽きた時
君の詩も　君に飽きている
君が君の人生に退屈している時
君の人生も　君に退屈している
君が吹く風に耳を傾ける時

吹く風も　君に耳を傾けている
君が君の過去を思い出す時
君の過去も　君を思い出している

73

詩が書けなくて、でも〆切があってどうしても書かなければならない時は、君がそもそも何で出来上がっているかを考えるといい。素材とか、部位の名称とか、機能とか、世界との繋がり方とか、その辛さとか。詩はどちらにしても君自身を描くことだから、まずはキレイに解剖すればいい。

74

詩集はよい耳を持っていなければならない
読む人の溜息をしっかりと聴き取れる耳を
詩集は柔らかな手のひらを持っていなければならない
読む人の傾きを大きく支えられる手のひらを
詩集はよい橋を持っていなければならない
読者がとぼとぼと帰って行ける橋を

75

詩が書ける日に詩を書くのは当たり前
詩が書けない日に詩を書こうよ
詩が書けない日の詩はどこにいるのか
詩が書けない日に書いた詩はおとなしい
でも力みが抜けていてすごく自然
傑作って
時々おとなしい詩のすぐそばにある
詩が書けない日の詩がもしかしたら一番恐い

76

滅多に良いものなど出来ないから、まずはミットモナイ詩でいいから書く。人に見せたら恥ずかしくて逃げ出したくなるような詩を書く。ともかく毎日、詩と二人きりになって書く。不出来な詩と、じっと見つめ合う。読者抜きで真摯に向かった日々の経過こそが、君と詩を育ててくれる。

77

散文は書けば書くほど熟達してくる。積み重ねがある。でも、詩はそうではない。詩は出来上がったそばから技がその場で崩される。身につけた技術は、一篇の詩に持ち去られる。もし自分の詩に、以前の詩から受け継いだものが見えたら、それはもう詩とは言えない。

78

詩とは何かという問いは困る
その問いがまさに　詩だから

鏡がどうしても自分を映せないように
左手が左手をつかめないように

詩とは何かに答えることは至難
少なくとも
問いへ向けて伸ばした腕の伸びやかな悲しみだけは
分かっているけど

79

もしも君が
詩と真剣に向きあってゆく気があるのなら

もしも君が
これから多くの時間を詩のために費やす覚悟があるのなら

もしも君が
君の才能を大切に育ててゆきたいと思うのなら

もしも君が
さびしげなひとりの詩人になりたいと思うのなら

もしも君が
そのほかにはなにも望まずに生きてゆけると言えるのなら
もしも君が
それで後悔をすることがないであろうと確信するのなら
もしも君が
言葉をいきもののようにはぐくむことができるのなら
もしも君が
言葉をこいびとのようにまもりぬくことができるのなら
もしも君が
言葉に真実をいわれても耐えることができるのなら
もしも君が
言葉よりもすぐれた詩を言葉に隠れて書きたいと願うのなら
もしも君が
この世に生まれ出たことを今でも驚いていられるのなら
もしも君が
守るべきもののためには命をかける覚悟があるのなら
そしてもしも君が
詩についての助言を欲しいと思っているのなら
考えを説明するために詩を書くのではない
感覚を分かち合うために詩を書くのではない
信念を伝えるために詩を書くのではない
賢いふりをするために詩を書くのではない
この世に私があることに胸がつまり
止むに止まれず詩を書くのではない

81

言葉に意味があることに　慣れてはいけない
言葉に意味があることを　ただ許してはいけない
言葉に意味があることを　無視すればいいというものではない
言葉に意味があることを　逆手にとればいいというものではない
言葉に意味があることが　詩人の最も大きな悩み

82

自分に詩の才能があるかどうかに悩まない詩人はいない。でも、だれもその悩みに答えてあげることはできない。ただ、自分が詩に向いているかどうかと、悩んでまでも詩を書こうとするそのことが、すでにある強固な才能を証明していると言えないだろうか。

83

書いた詩が誰かの詩に似ていると言われることは恥ずかしいことだけど、そんなに気にしなくていい。その誰かだって、その昔の誰かを引き継いでいる。感性の剽窃は、とても自然なこと。突き詰めれば同じ場所に流れ着くことって往々にしてある。詩を書くという行為自体が、すでに先達の身振りに倣っている。

84

PCやスマホの時代になってから、詩は甘やかされた。以前は、ノートに下手くそな文字で書いていたから、よほど内容の優れた詩でないと、そのまま捨てられた。発想が即、キレイな文字になることは、有難いけど危険。目の前の画面の中の詩らしきものは、ホントに大丈夫だろうかと、目を凝らさなければ。

85

詩を書かない詩の読者は、尊く感じられる。書いてこそ知る微妙な曲がり角を、その人たちはなぜ平然と曲がることができるのか。人の詩を読みながら常に悔しがっている詩人の読みよりも、正当に作品を受け止めている。

詩を読む動機が、その動機のまま詩に向かえるって、羨ましいし、美しい。

86

生きている内しか詩は書けない
ひと段落済んだら書こうなんて思っていたら
いつまでも書けない
忙しい時期だから
様々な思いに取り囲まれているはず
囚われている物の正体が見えているはず
詩は満員電車で肘を折り曲げて書く
吊革になんか摑まらない
次の駅に着いたら
生涯は終わってしまう

87

詩の中でなら何をしてもいい。ここまでなら書いてもいいという、暗黙の約束を破ってもいい。生きている意味にしつこく絡んでもいい。ダイの大人なのに駄々をこねて泣いてもいい。君であることをバラバラに壊して、壊れたまま寝転がっていてもいい。美しいものを正面から、きちんと抱きしめてもいい。

88

散文よりも詩が恥ずかしいのは、ツクリモノだからか。不自然だし、いていいのかどうかの自信も持てない。なかなか顔を上げられない。でも、いったん突き抜ければ、ツクリモノの凄さに辿り着く。ツクリモノはケダモノ。詩人の手にも負えない孤独を持つ。

89

詩作には二つの局面がある。発想を摑むことと、それを描ききること。どんなによい想を得ても、作品にまで辿り着かなければ何にもならない。書き上げる技術が必要。日々訓練する。出来上がらなかった詩は捨てられる。石原吉郎風に言うなら、君が詩に捨てられる。

90

ねえ詩人って
詩を書き始めることはできる

でも決して
書き終えることはできないんだ

決してだ

詩って
ひたすらな「書き始め」でしかない
最後の行《ぎょう》まで勢いのある
「書き始め」でしかない

決着をつけられるものなんて
なにもない

見事にね

最後の行《ぎょう》さえ書こうとしなければ
君にもみごとな一篇の詩が
書ける

91

詩が書けない日はある
でも
詩を書こうとする心はいつも持ち続ける
書こうとしなければ詩はやってこない
いつでも受け入れる姿勢で生きてゆく
寂しげな容器になりきる
詩が書けない日の私を
ずっと大切にしてあげる

92

躊躇《ためら》いがなければモノなんて書けない
臆病でなければ書くことなんて見つからない
寄り添わせてあげるのでなければ詩なんて懐かない
面倒くさがりやでなければ最後の一行まで辿り着かない
小さな手でなければ詩を書く鉛筆は握れない

93

こんな詩を書きたいとか
書くつもりだとか思うのは構わないけど
人に言うものではない

書きたいものが書きたいように書けたら苦労はない

それに具体的な願いなんて
願いじゃない

大事なことは大抵
言葉では説明できないはず

だから言葉の外で
詩を書こうとしている

94

劣等感は才能の一種だと思う。言うまでもなく、モノを作る力になる。詩を書くためには、腕をさしのばすのではなく、小さく折りたたむ。人より劣っていると思えるからこそ、人の心の揺らぎを敏感にとらえられる。自分でないものを優れていると思えるって、生命として素敵な才能だと思う。

95

一篇の詩を書き終わった時に、書き上げた言葉を読み直すだけでは足りない。空白行の姿をじっと見つめる。空白行の背筋が伸びるためには、前後の詩行がもたれ掛かってはならない。空白行が単なる沈黙に終わっていないかを、もう一度読み直す。書き始める前の草原が、そのまま残っていてはいけない。

96

みんなが考える道筋で考えても作品にはならない。でも、みんなが考える道筋を外れてしまったら誰にもわかってもらえない。みんなが考えるその道筋の、さらに先のことを考える。あるいは、みんなが考えることとみんなが考えないことのすき間を見つける。見つけたらそれを詩に書く。

97

書いている詩と、好きで読む詩は同じ傾向とも限らないし、その必要はない。自分とは対極にある詩に惹かれるということは、むしろ感性の豊かさを示している。詩人にとって詩を読むことは間違いなく学びでもある。だから、詩の可能性を伸ばすためにも、とんでもなく遠くにある詩に囚われていて構わない。

98

詩を書くことは詩について考えることと違わない
水を掬う手のひらの形が水の形を決める
身を低めて詩を書いているなら
その低さの読みで詩を考える
学ぶことは大事だけど
最も大事なことは
自分の言葉で詩を語ること
それだけだ

99

詩を作ることは習慣化することが大切。毎日の出来事の、この時間のこの辺で詩を作ると決めてしまう。そうすれば必ずできてくる。

詩を作ることは、屈託がある時にはさすがにできない。だから普通の日の、当たり前の時間を大切にする。

詩が書ける日は、守られていた日なのだと、後に知る。

100

目の前にあるよく知った言葉を
並べても
詩はできない

いちど手放して
好き勝手にさせる

そのうち疲れた顔をして
裏木戸をあけて
帰ってくる

そんな言葉しか
使ってはいけない

もちろんたくさんの言葉が
君の生涯に与えられるわけでは
ない

夕暮れの窓辺で
一篇の詩を書き上げるためには

君に似た
貧しい動詞がひとつ
あればいい

講演

ロシナンテについて

今日話すのは「ロシナンテ」について。「ロシナンテ」というのは戦後十年ほど経った頃に「文章俱楽部」という雑誌に投稿していた人たち、石原吉郎、好川誠一、河野澄子、岡田芳郎、田中武らが作った同人詩誌です。「ロシナンテ」というのはもともと「ドン・キホーテ」に出てくる馬のことですね。読んだことないからわからないけれども、そんなサラブレッドみたいな颯爽とした馬じゃなくて、やせ細って大して役に立たない馬なのかな……？　たぶんそういうのに自分たちをなぞらえて詩の雑誌の名前にした。役立たずだけど熱いものを持っている、そういう感じかなって勝手に思っています。

ぼくも石原吉郎の詩が好きで、ずいぶん読んできました。おそらく「ロシナンテ」の名付け親は石原吉郎。石原吉郎の詩集に『サンチョ・パンサの帰郷』という、有名なのがあって、「サンチョ・パンサ」もまさに「ドン・キホーテ」でしょ。「ドン・キホーテ」って、風車に向かって突進していくような男で、かっこよくない。自虐的で、才能をうまく表せない。

「ロシナンテ」は、一九五五年に創刊されて、五九年に終刊している。たった四年間です。とても期間が短い。石原吉郎は、一九一五年（大正四年）生まれ、一九四五年に戦争が終わって、当時のソ連に抑留されて一九五三年までラーゲリでつらい体験をした。当時のことが、最初の詩集にも書かれている。その経験が、石原の思想を深めたのは間違いないと思うけど、そのことと、戦後、急に詩を書き始めた時のレトリックがどう結びつくのかということがひとつの謎でね。

一九五三年に日本に帰ってきて、そのときもう三十八歳。決して若くない。そして、二年後に「ロシナンテ」を創刊している。俳句か短歌はやっていたのかもしれないけど、それまで詩なんてやったこともないのが、急に書き始めて、量も質もすごいものを書き出したわけです。凄まじい人が出てきた。

帰ってきて最初にやったことが投稿でした。「文章俱楽部」って雑誌、今の「現代詩手帖」の前身ですね。この当時の選者が谷川俊太郎と鮎川信夫。谷川俊太郎が絶賛して、特選で選ばれたのが「夜の招待」。もちろん他にもたくさんいい詩がありますが、読んでみましょうか。

夜の招待

窓のそとで　ぴすとるが鳴って
かあてんへいっぺんに
火がつけられて
まちかまえた時間が　やってくる
夜だ　連隊のように
せろふあんでふち取って
ふらんすは
すぺいんと和ぼくせよ
獅子はおのおの
尻尾《しりお》をなめよ
私は　にわかに寛大になり
もはやだれでもなくなった人と
手をとりあって
おうようなおとなの時間を
その手のあいだに　かこみとる
ああ　動物園には
ちゃんと象がいるだろうよ
そのそばには
また象がいるだろうよ
来るよりほかに仕方のない時間が
やってくるということの
なんというみごとさ
切られた食卓の花にも
受粉のいとなみをゆるすがいい
もはやどれだけの時が
よみがえらずに
のこっていよう
夜はまきかえされ
椅子はゆさぶられ
かあどの旗がひきおろされ
手のなかでくれよんが溶けて
朝が　約束をしにやってくる

最初読んだとき、ぼくもびっくりしました。奇跡の一篇だね。隅々まですごい。断定形、命令形の潔さ、ひらがなの使い方。今でこそ、こういうひらがなの使い方はいくらでもするけど、当時こんな使い方をする人はいなかった。あと、生き物に対する凭れこむような優しい感情、それから時間、命に対峙する姿勢、大きな諦め。この諦めは、ラーゲリの体験から来ていると思う。死んだ人とのつながり方。それって詩そのものですよね。

石原吉郎は今、いくらでも読める。現代詩文庫にも収録されている。『サンチョ・パンサの帰郷』が復刊されているし、全詩集も出ている。『水準原点』とか。『水準原点』って、規律のある、断定した詩のすごさが見事に出ていて、その後で『北條』とか『足利』のような日本的なもの、日本的な美に凭れかかっていく。大体詩人ってどこかで緩むんだけど、石原吉郎ってどの時代もすごいとしか言いようがない。

その「文章倶楽部」に投稿していた時に、みんなで同人誌を作ろうというふうに集まったのが「ロシナンテ」。同人の一人、勝野睦人は一九三六年生まれで、一九五七年に亡くなっている。亡くなったのは二十一歳かな。二十年か三十年くらい前に「詩学」で勝野睦人の特集が組まれていて、そこに小柳玲子さんや笹原常与さんが書いていた。勝野は、当時芸大の美術学部の学生で、ある意味、非常にエリートだった。詩の投稿していました。芸大に入った年に「ロシナンテ」に誘われた。作品がとても美しいので当時すでに目をつけられていて、一、二号おいて入った。入って少し経って、交通事故に巻き込まれて亡くなった。そういう人の詩を「詩学」で読んで、うたれました。今でも国会図書館に行って検索すれば読めます。

「LA NATURE MORTE II」。これはフランス語で、「静物画」っていう意味かな。直訳すると「死んだ自然」になる。

LA NATURE MORTE II

わたしのいかりには注《つ》ぎ口がない
わたしのかなしみにも注ぎ口がない

だからわたしは　できるだけ
ひっそりと自分をもちこたえていたい
けれどもあるひとのひとつの言葉が
けれどもあるひとのひとつのしぐさが
いかりをはげしくゆさぶるのを
かなしみにかなしみを注ぎそそぐのを
わたしは　どうするすべもしらない

そんなとき
いかりはいかりのおもてをつたい
かなしみはかなしみの縁までせりあげ
めいめいに
めいめいの形象《かたち》にこだわることしか
めいめいの周辺をぬらすことしかできない

そしてわたしは　どこからか
一枚の布ぎれをみつけださねばならない
この　こころの不始末をふきとるために
べつのあたらしいひとつのこころを
またあたらしくよごさねばならない――

若い詩だね。観念的だし、でもこのまっさらな感覚は、詩を書くものにはぐっとくる。言葉が新鮮でピカピカしているし、言葉を吐き出すっていう行為に対して、真剣に向き合っている。「わたしのいかりには注ぎ口がない」なんて、こういう比喩、恥ずかしくて書けないけど、それを堂々と書いている。やっぱり若者の真摯な書きものって、年寄りでもうたれます。若いから許されるというのは、若い時に書いた詩は、一生許されるっていうことかもしれない。いや、年とってから書いてもいいのかも。それから「かなしみ」とか「しあわせ」とか、普通は詩では使わない言葉を使っている。衒いもなく静物、生きていない静かなものになりきるっていう、そういう心を持った人だったのかな。

勝野睦人の詩を読んでいた時、もう一人、好川誠一のことを知った。好川誠一って、「ロシナンテ」に創刊当初から入っている。好川は一九三四年に生まれて、一九六五年に、三十歳で亡くなっている。好川も若く亡くなっているけど、勝野とはちょっと違う。勝野はエリートで芸大に入って美術をやりながら片手間で詩を書いていて、その詩が絶賛されていた。好川も才能はすばらしくあった。華々しいデビューをしています。ただ、植字工をやっていたのかな、勝野と違って、生活がすごく苦しかった。時代のせいもあったでしょう。読んでみましょうか。

花よ　おかえりなさい

かなしいぞう
さみしいぞう
うおん　うおおん泣こうではないか
きみよ　きみは買われたのではない
時間が売られただけではないか
脂肪肥りの男のエゴに
きみよ　きみのお尻にそっと
手をやってごらんなさい
ほうら
きみにはしっぽがないではないか
けものたちはきみをなかまにしてはくれないのだよ
そういうきびしい　おきてがあったのだよ
きみのこころの花は造花ではなかったから
きみのひとみの湖は灰色をこばんだから
きみのほほの太陽は燃えきっていないから
月はあまりに皮肉だけど
いいんだよ
花は　あくことのない永遠の美がほこりなのですよ
おかえりなさい
おかえりなさい
ただいちどだけ
おもどりなさい
どこかで　きみはうまれ
どこかで　きみははぐくんだのです
〈ちっちゃなからだのどこにあの　大地を震わす呱呱のこえがひそんでいるのでしょう〉と
くびをかしげた　ひとびとだけがしっている
せい　いっぱいのこえをはりあげて
きみよ　泣こうではないか　きみよ
きみよ　なみだをわすれた　きみよ

うおん　うおおん泣こうではないか

「水平線に叫ぶ」という詩も、とてもいい作品。この詩を読むと切なくなる。つらくなる。この切なさとかつらさって、勝野の詩とは違う。あとでそれを知ったからか、この詩を最初に読んだ時からかわからないけれども、何かそういう求心力を持っている。べったりと生活がくっついた、こういう詩を投稿詩として載せている。勝野は言葉にきれいに向かっていたけど、好川は生きることに真剣に向き合って詩を書いた。

好川と石原は創刊当時からの同人だけど、好川にとって石原はどういう存在だったか。たとえば、俳句とかは吟行とか人と一緒にどこかに行って詠んだりするけど、詩はあくまでも一人で書くもの。ただ、同人誌を作ったら、その段階から様相が変わる。比較しなくても、違いが出てくる。作品はそれぞれでも、誰かがどこかで、順位づけをする。そういう世界ですよね、良くも悪くも。同人誌に入ったからこの詩が書けたということもあるし、同人誌に入ったゆえに持つ苦しみもある。好川の不幸はその両方がありました。

小柳玲子さんが書いていたけど、好川にとっての不幸は石原吉郎をライバルと感じてしまったこと。それはそうでしょうね。創刊当時の優秀な二人だから。でも、石原吉郎をライバルとして感じて敵う人はいない。その時石原が書いている詩だけでは、その後石原がどんな思想で、どんな詩を書いてゆくかなんて当時の好川だってわからない。

その当時も、同人誌に載った詩から選ばれて商業誌の年鑑号に今年の代表作として載ったんだよね。好川もそういうのによく選ばれていた。でも、悲しいかな、石原吉郎の才能の大きさがわからないから、ライバルと思ってしまう。がむしゃらにやった。生活は苦しい。石原吉郎だってあっけらかんと書いていたわけではなくて、苦しいこともあったんだけど、表面的にはどんどんいい詩を書いて、世評もよくて、好川は置いていかれる。置いていかれるっていう気持ちは、詩を書くこととはまったく関係ない。関係ないけど、一人の人間としてはイライラする。たかが詩、たかが同人誌だけど。

偶然なのかもしれないけど、石原吉郎が『サンチョ・パンサの帰郷』でH氏賞をとったのが一九六四年。好川はびっくりした。このとき好川は、ノイローゼにかかって病院に入っていて、その翌年に自分で死んでいる。石原吉郎が賞をとったから死んだのではないかもしれないし、他にもいろんな理由があったと思う。好川ってまじめな人だから、生活にも取り組んで自分の詩もよくしたいと思っている。でも到底敵わない人がそばにいる。やっぱり自分のことを考えたと思う。もちろん誰の罪でもない。好川自身だって素敵な詩をいっぱい書いている。それでも同人誌での人間関係、自分の作品と他人の作品の違いを感じることは間違いなくあったと思う。

それから好川のもうひとつの不幸は、さっき話した勝野に関して。勝野は好川の二つ年下だけど、伸びやかな才能が後から同人誌に入ってきた。好川にとっては石原ほどの敵じゃないって思ったんじゃないかっていうのはぼくの勝手な想像。でも、好川にとって不幸なのは、勝野が若くて、生きのいい詩を書いている最中に事故で急に亡くなってしまったこと。もちろん勝野の責任ではないけど、勝野はそのことで神格化されてしまった。勝野の作品ってそのことで過大評価されて、彼が亡くなった数十年後にも「詩学」が特集をして、それがぼくの目に入った。

これは人から聞いたことだから、どこまで本当かわからないけど、好川は勝野が交通事故で亡くなった時、ショックを受けていなかったそうです。繰り返すけど、これはどこまで本当かはわからない。あるいは、いやな言い方だけど、下から上がってきた自分の新しいライバルが一人いなくなったと思ったかもしれない。でも、勝野の詩は神格化されてしまった。好川は、そういう不幸の中に死んでいった。

ぼくは、ここから何かを結論づけたいと思っているわけではない。詩って生活とは別、自分の生活とは別の部屋。その部屋を開けるこちら側には自分の生活があるわけ。好川が惨めだったってぼくは思わない。彼は彼なりのやり方。一方、石原や勝野が十全に幸せだったとも思わない。彼らは彼らで苦しみ、才能に悩みながらやっていたと思う。詩を読むと、彼らの生活が垣間見られるわけではないけど、やっぱり詩は詩人によって書かれているんだなってわかる。好川が好川の詩を書いたんだな、見事だなって思う。

ただ、同人誌っていうのは、気をつけたほうがいい。これから、みんなもいろんな同人誌に参加してゆくと思う。賞とかも、たまたまその時に誰かがとることがあるかもしれない。そういうことを、もろにそれをかぶっていたら神経が持たない。自分自身をきちんと持って、自分の書いている詩を、自分によって不幸にしないこと。自分が書いた作品によって自分が助けられるような書き方、そういうコントロールの仕方、そういう感覚のとり方を学んでいったほうがいい。自分を守るためには自分の作品を大切にして、誰がなんと言おうとこの詩を自分は書き上げたんだ、こんな自分でもこんな詩が書けたんだっていうところに立ち戻ろう。同人誌は、いい関係でやっている時はいいけれども、辛くなったら、やめたほうがいい。詩の世界は平等だけど、同人誌の世界は、人間と人間の関係になるから、そればかりではなくなる。人間関係で、自分の詩が傷つかないようにしようよということ。以上です。

（横浜・詩の教室buoyの会にて、2017.7.9）

詩の居場所

今日は「居場所がないこと、その不安を受け止めること」について話をしようかと思います。

ぼくはコカ・コーラという会社に四十三年間働いて、昨年三月で勤め人生活を辞めました。コカ・コーラって、グローバルな会社だから海外から来ている人も多いんですね。日本の市場ってよそに比べて複雑だから、他の国の優秀な人は、日本に来てその複雑な市場を学んでゆくことがあるわけです。だから、優秀な外国人と働く機会がずいぶんあった。会社を辞める直前も、スウェーデンから来ている人が上司だった。その上司も昨年末に日本を離れることになって、六本木で送別会があったんですね。

それから、すでに日本をだいぶ前に去っていって、ロシアのコカ・コーラで働いていたアメリカ人の元同僚が、久しぶりに日本を訪ねてきたから会おうよという話になった。十五人ほどの昔の連中が表参道で集まった。もう横浜の奥で九ヶ月も隠遁しているぼくとしては、六本木や表参道なんてまぶしいところへ出て行くのは抵抗があったんだけど、昔の知り合いからお呼びがかかるだけありがたいかなと思って、電車に乗って出かけた。

集まりは賑やかだったんだけど、ああいう集まりって、席に座ると、近くで働いていたわけでもない人の隣りに座ることがあるわけ。もちろん知っている人なんだけど、そんなに親しいわけではないという人。そういう人と隣りになると、いきなり深い話をするというわけにはいかない。参加者の中で、会社を辞めているのはぼくだけ。他の人たちはみんな、日々の仕事に従事している。そうすると、隣りに座った人がぼくに話しかける時に、大抵最初の質問は、「会社を辞めて毎日、何をしているんですか」ということになる。

そんな時、どう答えていいのか困ってしまう。たぶんその質問に対しては、「ゴルフ三昧です」とか、「そば打ちを始めました」とか「園芸です」とか、そんな答えを期待されているんだと思う。でも、ぼくはそうじゃない。

と言って、「えーと、このところ「初心者のための詩の書き方」をせっせと書いています」なんて、いきなり言えない。「詩の教室で話をしている」なんて言う勇気はない。だって、相手は詩人ではなくて「カタギ」の人だから。それに、万が一そんな話をして、相手が「そうですか」と優しく言ってくれたとしても、それから先に、話は進まない。だからしょうがないから、「いや、何にもしてないです」と答えるしかない。何もしていないです。まあ、それが間違っている答えとも言えないけど。

その時に考えたのが、どうして「詩を書いている」って正直に答えられないのかということ。これが、俳句を詠んでいるとか、小説を書いて秘かに芥川賞を目指しているとでも言えば、「何を考えているんだか」と軽く見られることはあっても、詩を書いているというより、まだ恥ずかしくはない。

夢見心地の女子高生が「詩を書いています」というのではなくて、定年後のじいさんが「詩を書いています」というのは、すごく恥ずかしいことなんだと思う。

どうして恥ずかしいんだろう。それは、たぶん詩には居場所がないからじゃないかって考えた。この国の、今という時には、現代詩の居場所がどこにもない。昔もそうだったし、たぶん他の国でも似たようなものなのかな。俳句にも、短歌にも、小説にもある居場所が、詩にはない。どうして詩には居場所がないんだろう。いくつか理由は考えられる。

――生きていることにいつも疑問を持っていて、どんな説明にも容易に納得できない。

――しっかりとした居場所や自分の場所を決めることにためらいを持っている。

――どこにいてもそこが自分の居場所だとは信じられない、自分はもっと別のところに帰る場所があるんじゃないかと感じている。

――生きている意味なんて、そんなに簡単に普通の言葉で説明できるわけがないと思っている。

――どこかに帰属、所属していて、しっかりと守られていて、保険をかけられていて、安心して生きていけるなんてハナから信じていない。そんなことがあるわけがないと疑ってしまう。

——常にグラグラ揺れていて、そんな場所に必死にしがみついている、生きているってそういうことじゃないかと確信している。

——いつも何か曖昧な不安にとらわれていて、そこからどうしても逃れることができない。

こういう人が惹かれるものが、詩なんじゃないか。居場所を持たない人が惹かれるものが詩。だから詩それ自身にも居場所がない。それでも何か自分を託すものに手を伸ばしたい。その、伸ばした腕が詩を作るということではないだろうか。

だから、詩を書くっていうのは、何かを明らかにすることではなくて、常に自分の居場所について質問をすること。自分はどこにいて、どうしたら一生をなんとか生き続けていけるかを問うこと。生きるための賢い方法なんてあるわけがない。なにかが明確に説明されることなんてありえない。揺れる自分、揺れていることに、基点を持つ。そういう人が詩に惹かれる。

曖昧さって、だから詩にすごく近い。それでもその曖昧さの中で、せめて自分の書いている詩の位置くらいはしっかりと見つめていたい。こんな詩が書けてしまったと、単に感じているだけでは、なんとも悲しい。自分の書いているものくらいしっかりと見てあげる。自己を見つめる。そうでないと、放ったらかしにしていると、だんだん自分の詩そのものが見えなくなる。もともと、見えないものを書こうとしているのが詩、その詩自体が見えなくなる。

詩って、言うまでもなくいろいろある。「現代詩手帖」に載っているような詩、ネット詩、思想詩、子供の詩、体験を描いた詩。だからと言って、いろいろあるんだなと漠然と思っているだけでは何にもならない。そんないろいろを、思い切って分類してみる。無意識にいろんな詩があるなと思っているだけではどこへも向かえない。己自身を知ることが大切。こういうふうに分類されて、自分が書いている詩は、ここらあたりなんだなと知る。

分類図を考えてきました。いろんな指標があると思うけど、これはそのうちのひとつ。一枚の紙を用意して、それを四分割する。つまり、縦線と横線を一本ずつ中央に引く。そうすると紙は右上と右下と左上と左下の四つの領域に分かれる。その縦の軸を、詩の意味が明確であるか、あるいは意図して意味から遠ざかろうとしているかの目盛りとして使う。上に行くほど、詩の意味が明確。

横軸は、言葉や連がしっかりと繋がっているか、背き合っているかの指標。つまり右に行くほど言葉や連がしっかりと手を繋いでいる。

（1）まず右上の領域。つまり詩の意味もしっかりとわかるし、言葉や連も繋がっている詩。

（2）右下の領域。意味は遠ざけていて、でも言葉や連は繋がっている詩。

（3）左上の領域。言葉や連は繋がっていないんだけど意味は明らか。

（4）左下の領域。意味は取りづらいし言葉も連も素直には繋がっていない。

詩の分類図

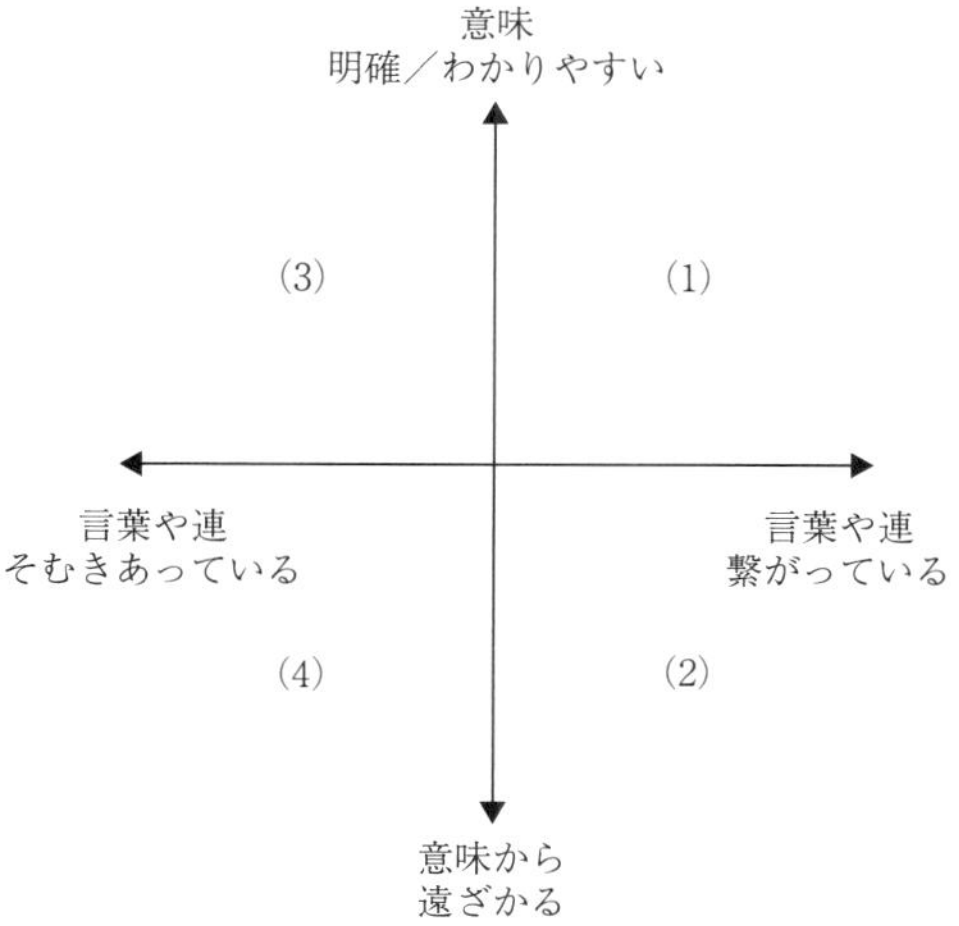

つまり、何が言いたいかって言うと、この表の中で、自分の詩はどこにいるか考えてみるのもいいということ。

それから、今までに惹かれた詩人はどこらあたりに位置していて、読まず嫌いをしている詩人はどこにいるんだろうと考えてみる。

自分と同じ領域にいる詩人からは、じかにいろんなことを学ぶことができるし、遠い場所にいる詩人の詩は、停滞する自分の詩を変えたいと思うときに、その行く先のヒントを与えてくれる。

生きている日々が曖昧に感じられるから詩を書く。でも、曖昧に安住していては進歩しないよということ。曖昧に立ち向かうためには、しっかりと目を開いておく必要がある。今日はここまで。

（横浜・詩の教室 buoy の会にて、2018.1.7）

まど・みちおさんの詩

九月（二〇一〇年）にこの葉月ホールハウスで詩のイベントがあって、ぼくは最初のプログラムで、小池昌代さんと、それから、今日一番後ろにいる甘楽順治さんと、四時間続けて対談をしました。でも、まさか二ヶ月後にまたここでお話しすることになるとは思わなかった。

じつは、ぼくは、集中してまどさんの詩ってそんなに読んだことがなかった。今年で六十歳になりますが、十歳くらいの頃から詩を読んでいて、途中少し遠ざかっていた時期があるけど、だいたい五十年間ぐらい詩を読んできている。小学生ぐらいのときから、ぼくは特に何ができるわけでもない、勉強も、運動もたいしてできないけれども、詩を読んでいると、やっぱりいいなあっていう気持ちがありました。その頃から自分でも書いていて、詩を読んだり書いたりできるんだったら、生きているっていうのはとてもいいことだなあ、これから長い人生やっていけるかなあっていう気持ちがしたんです。それで小学生を過ごして、中学生、高校生になって、一冊でも詩集が出せて、空いている時間だけでも詩を読んでまっとうに暮らしていきたいと思って、それでここまできたんですけれども。

そういうわけで、五十年詩を読んでいますから、その時々にまどさんの詩にめぐり会うということがありました。当然、童謡から受けるインパクトもありますけど、ぼくは詩を書く人間だから、童謡を聞いてもメロディを外して言葉として聞いちゃう。この人はすごいなっていうふうにつねづね思っていた詩人だったので、こういう機会を与えられたのはすごく嬉しかったし、ぼく自身も勉強になりました。『まど・みちお全詩集』(理論社)というのが出ていて、ぼくは持ってなかったんですけど早速アマゾンで注文したら、アマゾンっていうのはすごいですよね、当日に届きました(笑)。

これまで、まどさんの作品が童謡としての印象が強くて、現代詩としてしっかり読まれてきていないという話を人から聞いて、そのときぼくはどうでもいいんじゃないかって思ったんだけど、でも後で考えるとこれはすごく重要なことを示唆していると思います。日本で詩って呼ばれるものはいろんなものがあると思うけど、まどさんの作品も詩だし、「現代詩手帖」に載っているような詩も詩でしょう。同じ名前で呼ぶのも不思議ですよね。そもそも「現代詩」っていう言葉自体が不思議だと思う。詩っていう言葉はあるけど、なんでわざわざ現代なんて言葉を使うんだろう。現代なんて相対的なものであって、そんなジャンルに名前をつけるようなものではないので はないか、特に詩の世界、詩人というのは、言葉に恥じらいを持った人たちなのに、なんで現代なんて言葉をつけて平気で詩を書いているのかなって思っていた。

でもその現代っていう言葉はちょっと違う意味があって、これは、ぼくは学者じゃないから、ぼくの感じ方で言うんだけど、その現代という言葉には、戦後っていう意味が含まれているんですよね。太平洋戦争、第二次世界大戦をわれわれはくぐってきた。ぼくは昭和二十五年生まれだから、終戦後五年経っていて、過去の長い歴史を見れば日本には、内乱もあったし、外国との戦争もいろいろあったけれど、やっぱり太平洋戦争、第二次世界大戦というものが持つ意味、日本人がしてきたこと、あるいは日本人が被ったこと、ダメージであったり、学んだことであったりというのは大きかった。詩を書く人間にとってもやっぱり戦争をくぐる前と後というのは大きく変わってしまって、同じ名前ではとても書けないって詩人は思ったんですよね。だからこその「現代詩」なのかなっていうふうに思うんです。

奇しくも、先週の土曜日あたりの「朝日新聞」の朝刊に、まどさんの戦争詩がまた見つかりましたっていう記事が載っていました。まどさんは戦争協力詩とか自分で時々言っていて、たしかに日本国が勝つように祈りましょうみたいな詩なんだけど、「朝日新聞」自体の論調としては、必ずしもまどさんを責めるために載せたわけではなくて、あの戦争でいろんな人が戦争協力詩を書いて、それを頬かむりして知らん顔してやっている詩人がたくさんいる中で、まどさんはきちっと自分の非を認めているみたいな、そんな単純な言い方ではないけれど、そういうふうに扱っていたんです。ひとまず、まどさんの立場はそれでよしとします。しますっていうのは変だけれども、じゃあ頬かむりして、知らん顔して、きれいな詩を書いている詩人を責められるかと言うと、やっぱりそれは個々に、まど・みちおっていう存在を取り扱うように、やっぱりひとりひとりの中で戦争がどういうふうに吸収されていって、反省されて、乗り越えられて、乗り越えられなくてそのまま死んでしまったのかっていう、そこまで追求しなきゃいけないんじゃないかとちらっと思ったのが個人的な意見です。

もうひとつ、この『まど・みちお全詩集』は素晴らしいですよね。ぼくなんかは読んでいて涙が出そうな詩がいっぱいある。そういう素敵な、きれいな詩がいっぱい書いてある全詩集のあとがきが、たった二篇、ここであらゆる意味を込めてぼくは「たった」という言葉を使いたいと思うんだけど、たった二篇書いた戦争詩について、延々とまどさんは後悔の念を書いているんです。全詩集っていうのは、これだけの素晴らしい詩を書いて、胸を張ってどうだ、とまでは言わないまでも、おとなしくこんなもの書きましたっていうのが普通のあとがきですよね。にもかかわらず、まどさんはこれだけの詩を書いて、二篇の戦争詩について自分が愚かであったと、こんな弱い人間がこれから詩を書いていいんだろうか、あるいは、また戦争が起きたら、ぼくはまたこういう詩を書いてしまうかもしれないっていうようなことを延々と書いている。そういう言葉っていうのはやっぱり受け止めなければいけないし、まどさんの童謡を聞くときにもちらっと思って、ひとりの人間っていうのは、ここまでひとつの出来事に反省することができるんだと。ぼくなんかが、言っていいことなのかっていうのはありますけれども、そのへんをちらっと感じました。その話をするとまた時間が終わってしまうので、作品を読む前にお話させていただきました。

さっきの話に戻りますけれども、「現代詩」っていう言葉があるからには戦前の詩っていうものがあって、皆さんご存知だと思うけど、萩原朔太郎とか中原中也とか三好達治とか、いっぱい素敵な詩人がいます。どちらかと言うと詩を書き始めの人はなぜかその戦前の詩のほうから入っていくという、日本の不思議な感性の根源みたいなものがあって、それからもう一度戦後の詩に入り直すっていう、二段構えの入門っていうのが現代詩にあると思うんですけど、まどさんの詩ってどっちなのかって言った場合に、なかなか難しい。さっき戦争っていうのが非常に日本人にとって重要な、重要なって言ったら変だけれども、深い溝、あそこで詩人たちは自分たちのジャンルの名前を変えるぐらいの深い溝を経験した。ただ、今はそうだけれども、それこそもっと長いスパンで見つめたときに、たとえば日本語、日本人っていうのがいつまで続いて、日本語っていう言語がこれからどれくらい長く話されていくのか、語られていくのか、日本語の存続がどれだけ長いのか、人類がどれだけ長いのかっていうのはわからないけれども、かなり長い、遠いスパンから見ると、戦後詩も近代詩も、朔太郎も鮎川信夫も、多分そんなに違わない地平で見ることができる時代が来るんじゃないか。そこに流れるのは現代詩とか近代詩ではなくて、「詩」なんですよね。まどさんの詩っていうのは、やはりその「詩」を書いている。まどさんも戦争の波をくぐったけれども、まどさんの詩は、詩そのもの、本質なんです。戦前からそうだし、戦後もそう。詩そのものがそういう出来事をかぶったときに、ああいう目にあうんだなっていうのがぼくの感じ方です。

これからまどさんの詩について話します。ぼくがまどさんの詩で素敵だなと思った七点、その後で、まどさんの詩を読んでいると、詩ってなんだろうというふうにどうしても考えちゃうんですが、その回答を発表して終わりにしたいと思います。

まどさんの詩の魅力、一点めです。びっくりしたのは、まず、わけへだてがないこと。ぼくも日本コカ・コーラという会社で三十七年勤めていて、日本コカ・コーラというのはコカ・コーラカンパニーの百パーセント子会社でアメリカの会社ですから、いわゆるグローバルな会社でわけへだてがない。誰であってもいいんだよ、男女の差別もないし、年齢の差別もないし、国籍の差別もないんだよというグローバルな会社に勤めていますから、そういう精神というのは叩き込まれているんですけど、まどさんの平等はそれどころじゃない。一篇読んでみましょうか。

はっぱにとまった／イナゴの目に／一てん／もえている夕やけ〳〵でも　イナゴは／ぼくしか見ていないのだ／エンジンをかけたまま／いつでもにげられるしせいで…〳〵ああ　強い生きものと／よわい生きもののあいだを／川のように流れる／イネのにおい！

（「イナゴ」より）

解説してもしょうがないけど、ここで描かれているのは、イナゴと自分が見つめ合っていて、人間である自分がイナゴを見ていると、夕焼けがイナゴの目にうつっている。非常にきれいにうつっているんだけど、イナゴにとっては、人間みたいな強い生きものに見られていつ逃げようかとドキドキしているという詩ですよね。ここで描かれているのは動物も人間も心持ちは同じ、差異はないんだよっていう発想です。もともと人間にも差異はないし、動物と人間のあいだにも区別はない、まどさんの詩をよく読んでみるとわかるけど、木も植物も、人間も動物も同じなんだよっていう発想ですよね。さらに命がないもの、たとえばピアノとか文鎮とかテーブルとかそういうものと生きているものだって何ら差異はないってまどさんの目には見える。もっとさらに、ピアノとここにある空気、つまり形があるものと形がないものだって平等という見方です。もっと言えば、生きているものと死んでしまったものも同じだし、ここにあるものとここにないものも平等だっていう。まどさんの詩には、ないっていう言葉が結構出てくるでしょう。同じ平等って言っても、男と女が平等だって言うのは簡単だけど、あるものとないものが同じだなんて普通考えないですよね。これはすごいなと思いました。

二点めは生きていることの意味を読んでいる詩、ここに驚きました。ひとつ読んでみますね。

死ぬまえ　おばあちゃんは／よく　ぼくと公園に行って／ベンチに休んだ⫽そして　白いたびの　おやゆびに／テントウムシが　きてとまると／とらないで　とらないで！　とあわてた／およめさんだったころの自分が／虫になって帰ってきたかのように（後略）

（「おばあちゃん」より）

後半のあめだまのところもかわいいんだけど、ぼくがいいなと思ったのは、最初のところです。おばあちゃんの足袋にてんとう虫が止まって、それがお嫁にきたときの自分じゃないか、だから殺さないでっていう。ここを読むと涙が出てきてしまう。これだけでおばあちゃんが、お嫁にきてからおばあちゃんになるまでの人生というのが読む人の気持ちの中に入ってくるでしょう。どんなことが起きたんだろう、という。たぶん、このてんとう虫は、お嫁にきたころの自分なんですよね。比喩として使われているけれども。知らない家にお嫁にきて、自分はどうしたらいいんだろう、これからの人生やっていけるんだろうか、迷って迷って、つらくなって、ついてんとう虫になって、未来の自分のところに飛んでいってしまった。未来の自分にこれからの長い人生、やっていけるでしょうかって聞いて、たぶんおばあちゃんはてんとう虫に「大丈夫だよ、わたしはこの年になるまでちゃんとやりとげましたよ」って言ったのかなと思う。そういうことが読み取れるでしょう。生きているということの意味を読んでいて考えさせられます。きれいな詩だと思うし、ぼくは、ドラマを見たような感じがするんですね。

三点めは、ものになりきる力です。まどさんは、動物にもなるし、ものにもなる。普通の人間は、そういう気持ちにはなることはできるけど、まどさんは、それを超えています。

自分が　書きちがえたのでもないが／いそいそと　けす〃自分が書いた　ウソでもないが／いそいそと　けす〃自分がよごした　よごれでもないが／いそいそと　けす〃そして　けすたびに／けっきょく　自分がちびていって／きえて　なくなってしまう／いそいそと　いそいそと〃正しいと　思ったことだけを／ほんとうと　思ったことだけを／美しいと　思ったことだけを／自分のかわりのように　のこしておいて

（「けしゴム」より）

きれいですよね。「けしゴム」という詩を書いて、最初のところの、自分が書いたものではないものを消すってことぐらいは普通の詩人なら書けるかもしれないけど、最後の、正しいと思ったこと、美しいと思ったことだけを自分のかわりのように後に残して消すんだよ、という、これはなかなか書けない。ここまでは考えられない。自分のかわりのようにというのは、つねにまどさんが自分のことだけを考えているんじゃなくて、ものであり、動物であり、有る無しであり、そちらのほうに身が置かれているからこれが書けるのかなと思いました。これが三点め、ものになりきる力です。

四点めは、すっとぼけた味というのか、それがまどさんのいいところなのかなと思います。

しろやぎさんから　おてがみ　ついた／くろやぎさんたら　よまずに　たべた／しかたがないので　おてがみ　かいた／──さっきの　おてがみ／ごようじ　なあに（後略）

（「やぎさん　ゆうびん」より）

これは、すっとぼけていると言えば、すっとぼけているんですけれども、よく読むとちょっと腹が立つような。食べちゃってから何が書いてあったんだって、何、考えてるんだっていう（笑）。でも、そこがいいところ。そういう人間の常識をつき抜けているすっとぼけ方というのかな、それが素敵だと思います。それがないと、表現なんてこれだけ長く続けていられないのかな、と。真剣なことを真剣に考えるのは誰だってできるけど、真剣なことをすっとぼけて書くことができる詩人というのは、やっぱりそうそういない。

五点め、これはぼくが一番強調したいことですが、当たり前のことを当たり前と感じない力。まどさんのすごい力だと思います。まず、景色が目から離れていることに驚く。景色が目から離れていることを普通の人は驚かないけど、まどさんは驚く。それから、愛する人が死んでもこの世はあり続けることに驚く。ぼくは、いま椅子に座っているけれども、椅子に座るときに、どんな人でも体を折り曲げることに驚く。これも、すごいでしょう。あっちに歩いているときには、こっちに歩けないことに驚く。普通の人は驚かない。でも、まどさんは驚く。キリンの足が動くと、顔も一緒に動くことに驚く。これは、それぞれ一篇の詩でみんな素敵な詩です。

花のまわりで　花の形／ボールのまわりで　ボールの形／ゆびのまわりで　ゆびの形〃そこに　ある物を／どんな物でも　そこにあらせて／自分は　よけて／その物をそのままそっと包んでいる／自分の形は　なくして／その物の形に　なって…〃まるでこの世のありとあらゆる物が／いとおしくてならず／その　ひとつひとつに／自分でなってしまいたいかのように

（「空気」より）

空気っていうのは、たとえば、ぼくのまわりにあって、ぼくの形をして、ぼくになりたいんだっていつも思っているとまどさんは感じている。すごいよね。本当は、包んでいるものになりたいんだよって。この「空気」と「リンゴ」がまどさんの詩で一番好きな詩です。

六点めは、言葉遊びからこの世の真理を知ってしまう点です。さかさま言葉であったり、だじゃれであったり、言葉というものを遊んでいるうちに恐いことに気付いてしまうというか。これは、皆さんご存じのとおり、谷川俊太郎さんも同じ才能を持っている。この点は、二人に共通しているところかなと思います。

きりん／きりん／だれがつけたの？／すずがなるような／ほしがふるような／日曜の朝があけたような名まえを／／ふるさとの草原《そうげん》をかけたとき／一気に一〇〇キロかけたとき／一ぞくみんなでかけたとき／くびのたてがみが鳴ったの？／もえる風になりひびいたの？／きりん／きりん／きりりりりん（後略）（「きりん」より）

「きりん」という言葉から「きりりりん」という言葉を発想してこんなきれいな詩ができる。詩人というのは、ときどきこういうことをする種族で、茨木のり子さんの詩にも「吹抜保」という詩がありますよね。

　それから最後に、七点めは、「関係性の中に、美しい理由を見つける」っていうことです。どうしてこんなことが思いつくんだろうっていうくらいに、すごくきれいな詩が多い。たとえば「ねむり」という詩。

わたしの　からだの／ちいさな　ふたつの　まどに／しずかに／ブラインドが　おりる　よる／／せかいじゅうの／そらと　うみと　りくの／ありとあらゆる　いのちの／ちいさな　ふたつずつの　まどに／しずかに／ブラインドが　おりる／／どんなに　ちいさな／ひとつの　ゆめも／ほかの　ゆめと／ごちゃごちゃに　ならないように
（「ねむり」より）

すごくきれいでしょ。人が眠るときに目を閉じる。それをブラインドがおりるようだと譬えるところまでは普通の詩人にもできる。でも、目を閉じるのは自分の夢が他の人の夢と混じらないためだなんて、そんなこと誰も思わない。感じない。すごくきれいだし、こういうのって、無理やり思いついたんではなしに、まどさんの頭の中にふっと出てきてしまうのかなって思う。ふっと出てきてしまうような人なんだなって。

で、まどさんの詩の魅力を七つに分けて読んできたのですが、これはぼくが今日の話のために七つに分けただけであって、ほんとはもっとすごいところがあるんだと思います。この七つの魅力を感じながら読んでいて、ずっと思っていたのが、いまさらって思われるかもしれないけど「詩ってなんだろう」っていう疑問。その疑問が繰り返し湧いてきた。まどさんの詩からぼくが学んだ答えは四つ。つまり、（1）詩とは声高に語られるものではなく、自信なさげに小声で語られるものであること。（2）詩とは、決して熟練することなく、いつも初めて詩を書くときに戻って書くしかないものだということ。つまり、散文とかって、書けば書くほど技術がついてきて、だんだんうまくなってくる。でも詩って、そうじゃないわけ。昨日すごい詩が書けたからって、今日も書けるかっていうと、そうではない。今日は今日でまた、初めに戻されて詩を書き始めることになる。積み重ねがないような気がする。（3）詩とは、世界の全てを相手にするんじゃなくって、世界の切れ端を手につかむもの、手に乗せるものなんじゃないかっていうこと。それから（4）詩とは、言葉をしまっておく小さな箱でしかないっていうこと。

でもこの四つの「詩とは何か」は、決して悪い意味ばかりではないんだと思うんです。その詩が真にすぐれた詩なら、（1）詩とは自信なさげに小声で語られるものではあるけれども、声高に語られる言葉よりも、力を持つことができると思う。また、（2）詩とは決して熟練することなく、いつも初めて詩を書くときに戻って書くしかないものだとしても、でもそれってつまり、この世の中に慣れてしまうことなく、いつも初めて世界に触れたときの驚きを思い起こさせてくれることではないか。毎朝、まっさらな感受性を持って詩を書けっていうことなのではないか。（3）世界の全てを相手にするんじゃなくて、世界の切れ端だけを手につかむものだということだって、もしもその詩がすぐれたものであるなら、その世界の切れ端から、ずるずると本質が見えてきてしまう、引っ張り出されてきてしまうものなのではないか。最後の（4）言葉をしまっておく小さな箱でしかないというのも、その小さな箱に、時として世界がまるごとしまわれてしまうこともあるんだって思うわけです。

この四つのことをさらにまとめると、詩とは何か、つまり、まどさんの詩集を読んでいて学んだことは、「詩とは、言葉を、その能力の限りを尽くさせてあげて、この世の仕組みを解き明かしてくれるもの。理詰めで説明していたんでは、到底答えにたどり着かない遠いものに、偶然でも、触れさせてくれるもの」。そういうものではないかと思うわけです。説明できないことって、いろいろあるけど、たとえば、美しいものってなんだろう。悲しい感情ってなんだろう。愛しい思いってなんだろう。神様ってなんだろう。恐れるってなんだろう。憧れるってなんだろう。死ぬってなんだろう。時ってなんだろう。永遠ってなんだろう。こういうものに、ちょっといつも感じているところよりも、近づけてくれるものが詩なんだと、まどさんの詩はぼくに教えてくれる。つまり詩って「この世の秘密を言い当てるもの」なのかなって。

最後に、まどさんご自身の言葉を読んで、今日の話を終わりにします。詩とは何かについて話しています。

「理屈が最終的につかみとるはずの真実などというものは、ここにはないかもしれない。しかし、たぶんひょっとして、妙なシッポみたいなものでもつかんでいることがあってほしい」。

（「現代詩手帖」二〇一一年二月号、一部改稿あり）

エッセイ

流れてゆけばいい

七〇年代は二十代まるごとだった。はじめの数年は早稲田に行っていた。残りは会社へ。変らないのは、詩だけを書いてきたことだ。詩集を出すまではしあわせだった。思いの中で私は、さまざまな詩の可能性を信じ、暗い日々に、顔をそちらへむけていた。学生であることは苦痛だった。ああいった状態は早々と終えたかった。学生であるがゆえにできないことよりも、学生であるがゆえに許される部分が大きすぎたからだ。ありあまる時間のほとんどを目をとじてすごしてきた。何もしなかった。考える時間が多いと、どうにも思考がすすまなかった。のこりのわずかな時間を、それだけしか暇がないように、追われながら詩を書いた。

一九七七年、第一詩集『榊さんの猫』を出した時、自分の詩をはじめて見るようにしてページをめくった。こういう詩を書く人がいる。他人の詩からその人の型を頭の中で整理するように、私は私自身の詩の型と、詩人の型を頭の中にたたきこまなければならなかった。ひとつの詩集を提出できることは、行為としては思ったよりもはればれしく、美しいことだった。しかし、思いとしては、無残だった。

詩集を出す前には、多くの詩人の一生を自分の中にひき入れた。私がこの詩人だったら、第二詩集はこのようには引きつがなかっただろう。なぜこの詩人は、あれからひどくつまらなくなったのだろう、等、無責任に他人の一生をなぞるのは楽しい。しかし、自分自身の一生を自分がかぶるのは、どう考えても楽しいゲームとは言えないようだ。いやになるほど感情をこめて、(私としてはそれだけのものだったのだが、感情の方で何かを言いはじめてしまった)第二詩集の詩篇を書きついでいった。むろん、意図的なことは詩作一歩手前のことであり、詩の中へ入ったらいつだって同じなのだが、それでもたくさんの感情をぬりつけて出されたのが一九七八年の第二詩集『肴』だった。

第二詩集にはふりまわされた。たかが『肴』に、ひどい食中毒をおこした。ここへ来て、先週のはじめから腹をこわし、下痢がとまらず一週間以上苦しんでいる。腹の痛みもなくどんどん流れてゆく私の二十代。流れてしまえばいいのだ何もかも。消化器が大脳を経由していたら、もっともっとよかったのだ。

詩をどうこうする気はない。詩に何かをしてもらおうとも思っていない。詩にまかせるつもりでいる。気まずくやってゆくのが一番だ。

とは言うものの、次は三十代まるごとの八〇年代。積み重ねにあこがれる気持がないわけではない。下痢のように、何も残らない美しさだけでは、もうしんどい。正直、詩に何か手ごたえのあるものを積み重ねたいという願いに、すがりたくなっている。そんなことは夢にすぎないと、頭ではじゅうじゅう、わかっているのだが……。

（「日本読書新聞」一九七九年十二月二十四日）

投稿詩に関して

昔、私がしきりに投稿していたときに、ある選者はこんなことを書いていた。「今回、採り上げなかった作品は、必ずしも採り上げられた作品よりも劣っているわけではありません。がんばりましょう」。私はその当時、数多くの落選を経験していたので、「ああ、そんなものか」と心休まる気持ちでこの言葉に納得してしまった。でも、本当にそうだったのだろうか。そうではなかったはずだ。そんな訳はない。この世はもっと単純に出来ているはず。採り上げられた作品は、採り上げられなかった私の作品よりも、すぐれていたのだ。明らかにすぐれていたのだ。選ばれた作品に選ばれた理由があるのなら、選ばれなかった作品には、それぞれにその、選ばれなかった理由がある。特に、何年も投稿していて、一度も採り上げられたことのない人は、今日も新しい詩を書くのではなくて、今夜は真剣にその理由を考えてみるべきだ。

人によって理由は異なるが、多くの場合は、目指す視点を持ち合わせていないことによる。詩を書いているからには、ある人の詩に強く惹きつけられた経験を持っているはずだ。読み終わって、打ちのめされ、どうしてこのような表現が可能なのかと、自分の書いているものとの差の大きさに、途方にくれたことがあるはずだ。いつかはこのような作品を、自分の中から作り出したいという憧れを持ったはずだ。その、惹きつけられたものが何だったのかを、ていねいに解明するために、詩は、書かれているべきなのだ。多くの投稿詩に、その解明されるべき魅力へ向けられた視線が、感じられない。視線の方向を持たない詩人が、いくら詩を書いても、何物も産み出さない。ただ単にその人の時間の無駄だ。せめて、この詩こそはと胸に抱く詩を持ちたい。その詩をいかに深く愛するかに、その愛し方にかかっている。腕にちからをこめて、深く、掻き抱きたい。

（「Midnight Press」27号、二〇〇五年三月）

肴をめぐる

この文章が私に送られてきたのは、私が詩を書かなくなってから、だいぶたってのことでした。もともと、詩の原稿依頼など、めったにきませんでしたが、その、めったにこないものが、まったくこなくなってからも、数年がたっていました。私は、日々の会社勤めに精を出し、家族との時間にすべてを費やしていました。子供の成長や、家族の悩み、母親の病気など、毎日は忙しく過ぎ、その時々に心を奪われるものに、全力を尽くしていました。きちんとした本は読まず、幾篇かの愛する詩を、せつなく思い出すことはあっても、新しい詩を取り入れることは、ありませんでした。たまに、間違いのように送られてくる詩集や詩誌は、単なる勤め人にとって、どのように扱ってよいのか分からず、本の束を持つ手の位置さえ、定めがたく思うのでした。

そんな折のある日、会社帰りに覗いた郵便受けに、友人の編集する雑誌の社名入りの封筒が入っていました。友人の短い文章と、A4のゼロックスコピーの文章が一枚、封筒の中に折りたたまれていました。読んでみると、「ある同人誌の中に、松下さんの詩のことが書いてあったので送ります」と、ありました。私はその、コピーされた文章を、郵便受けの前で、立ったまま読みました。読んでから私は、それをまた丁寧に折りたたみ、背広の内ポケットにしまいました。翌日私は、それを会社に持っていき、机の引き出しにしまいました。折にふれ、幾度この文章を読み返したか、覚えていません。長い間、詩と接触を絶った私の、唯一の詩への、それがつながりでした。

『肴』をめぐる記憶　山岸光人

(冒頭　略) 七〇年代終わり田宮高麿らのよど号ハイジャックから始まった七〇年代の政治課題は、連合赤軍、爆弾、内ゲバを経て決定的な解体期にはいってい た。残り火。落ちきれずにいる残照。私は自虐的になりながら展望のない衝突を繰り返していた。肉体が傷つくとその分だけ心は癒された。奇妙な感覚だった。あるとき私は翌日配るビラをカットしていた。壁には一面の落書き。ヘルメットや角材が散乱している部屋で、もう真夜中を過ぎていた。私は数年前の大学当局とのトラブルで政治的な処分を受けていた。「ひとりにかけられた処分は全学友にかけられた処分である」という崇高な理念はすでに消えていた。処分を受けたときの仲間も少しずつ卒業していった。大学は猶予の場所なのだ。ビラをカットしながらも、先行きが見えずどうしても不安を消すことはできなかった。永遠にこの時間が続いて年老いていくような気がしていた。そのときだった。ふいに「この詩集いいね」と小坂さんがつぶやいた。ビラをつくるのにつき合ってくれていた小坂さんだ。机につんでおいた数冊の詩集をさっきからぱらぱらとめくっていたのだが、小さな声で言葉をたどるように読み始めた。

てのひらを見て

思う

ここも
うまいぐあいに歯止めがきいている

指はてのひらが五本に裂けて
途中で肉の
歯止めが
きいて
いるが
この歯止めがなく
ずっと
肩のつけねまで
裂けつづけていたらと
思う

君へちからをこめることは
もうない

日々の顔をおおうことも
はげしく涙を
ぬぐう
ことも……

長すぎる指を
執拗に
顔に巻きつけ
ぼくは蒲団をかぶって眠る

五本のひもを両肩から
ぶらぶらさせて
ぼくたちはたそがれ時　たまらない表情で
行き交うんだと
思う

（「歯止め」全文）

すこし震えるような声で読み続けた。コンクリートが剝き出しになったこの部屋に小坂さんのちいさな声がひびいた。彼女は集会や会議でも隅の方でひっそりと目立たなかった。発言を求められると、すこし吃音しながらうつむきかげんで話した。卒業できるのに必修の科目をわざと落として、留年し、つき合ってくれていた。自分に負荷を与えずには卒業できなかったのだ。まだ、そういう時代の余韻みたいなものがあった。松下育男さんの詩には、どこか七〇年代終わりの（切ない空気）みたいなものがあって、小坂さんの気持ちに届いたのだろうと思う。彼女はその年の春に卒業した。「ごめんね」とわざわざ私の所にやって来た。私は彼女が卒業してからも二年ほど大学に残り、ケリをつけてから、やめた。小坂さんがマンションの自分の部屋から飛び降りたのは、それからしばらくしてからだ。私は、彼女が松下育男さんの詩を読んだあの夜を、けっして忘れない。

（「生き事」2号、二〇〇六年夏）

いくら投稿をしても入選したことがない君に

1章　書いたら一旦忘れ、一週間後に人の目であらためて読み直す。

詩は昭和の時よりも確実に質を良くしています。一方、それでも多くの投稿詩は独りよがりの域を脱していません。言うまでもなく詩は、本人ではなく人が読むもの。それを強く意識しなければなりません。どこまで独りよがりを脱することができたかが、詩の上達の尺度と言えます。書いたら一旦忘れ、一週間後に人の目であらためて読み直す。この一点を心がけるだけで、出来上がりはだいぶ違うと思います。

2章　詩を徒に長くすることによって途中から質が回復することはありません。

初めの数行を読んだ時点で、ほとんどの優れた詩はその耀きを見せてくれます。詩を徒に長くすることによって途中から質が回復することはありません。ですから、いくら投稿をしてもなかなか入選したことがないという人は、入選した人の詩の書き出しと、自分の詩の初めの数行を比べてみたらどうでしょう。どのように言葉を育て、いかに丁寧に扱っているかに目をこらします。そこに自分の詩との差異が見えてくれば、早晩なんとかなります。

3章　先達の優れた詩の元へ行き、再び激しくうたれ、丹念に読みかえす以外にやるべきことはないのです。

はじめから選に漏れるつもりで投稿をする人はいません。目の前の詩の向こうには、その詩が選者を感動させていることを想像する作者が詩の数だけいます。しかし現実には、その多くが感動どころか通じてもこない詩となっています。作者のこの勘違いはどうしたら避けられるのでしょうか。近道などありません。ともかくも先達の優れた詩の元へ行き、再び激しくうたれ、丹念に読みかえす以外にやるべきことはないのです。人の詩の、具体的にどこに惹かれたかを見つめた目を通して、あらためて詩を書いてみます。焦らずに感性を育てることに努めます。詩を書くためのうっとりとした時間は、その後に与えられるはずです。

4章　自分を超えさせてくれる何かに出会えることができる人のことを、才能があるというのです。

詩を書き始めるのは自分ですが、書き終えるのは自分だけではありません。優れた詩は、書いている途中で自分以外の何かの手助けが入ってきます。気がつくと、どこかからわけのわからない何かが最適な場所に最適な言葉を持ってきてくれます。そういった感じがする時には、間違いなく傑作が出来上がります。自分を超えさせてくれる何かに出会えることができる人のことを、才能があるというのです。自分を超えさせてくれる何かに出会うためには、よそ見をせずにひたすら内面の奥へ下りてゆくことに専念することです。それ以外に方法はありません。

5章　この時代にあふれる多くの詩の、単に仲間入りをすることが詩を書くことの目標ではありません。

「私は、自分の書いているものが本当に詩といえるのかどうか心配で仕方がありません」。先日の「詩の教室」で、こんな質問を受けました。そういえば私も若い頃に同じように感じていました。今思えば、これは真面目に詩と取り組んでいる人の、至極まっとうな悩みです。この時代にあふれる多くの詩の、単に仲間入りをすることが詩を書くことの目標ではありません。このような悩みを通過した後にこそ、自分だけが書けるものを持った新しい詩人が出てくるのです。

6章　人のすぐれた詩を目指す必要はないのです。

学んだものがすぐ身に付く人とそうでない人がいます。才能が伸びる時期は人それぞれに違います。入選作品の緻密な言葉の世界を見ていると、人の胸をうつ詩がどれほどの困難と努力の後に生まれてきたものだろうと想像してしまいます。多くの人はそれを見て自分にはとてもこれは書けないと思うかも知れません。でも、人のすぐれた詩を目指す必要はないのです。ひたすら自分の個性と文体にこだわることが大切です。心がけていたいのは、感性をほったらかしにしておかないこと。自分がここにあるということに常に刺激を与えておくことです。美しい言葉に触れるための行動を起こすことです。あらゆる事象を敏感にとらえる姿勢でいることです。詩人にとっては、ありふれた一日なんてあるはずがないのです。まずはどのようなものにも震えることのできる新鮮な感受性を身に付けたい。その後に詩はあります。

7章　いつも書けなくなることの隣にいます。

詩が書けている時には、ずっと書き続けられるのだと思ってしまいます。でも、ある日急に書けなくなります。そうなったらどうあがいても一行も浮かびません。書けていたことが奇跡だったのだと後に知ることになります。書けなくなったらこうしようなんて、予め用意しておけるものはありません。いつも書けなくなることの隣にいるのです。今日、自分が一篇の詩を書けたことはあたりまえのことではないのです。奇跡を与えられた日なのだと認識しましょう。今月は詩ができなかったなと思ったら、その月は投稿を休めばいいのです。誰にだって書けないときはあります。いつも詩のことを思っていれば、書けなかったという悔しい思いが次の詩を磨き上げてくれます。

8章　書きっぱなしには限界があります。

発想を得たらともかくも書きます。がむしゃらに書きたいことを書きます。どのような思惑や企みからも遠く、浮かんでくる言葉を素直に受け止めて一篇の詩に作りあげてゆきます。それでいいと思います。しかし、そこで詩作が終わったわけではありません。まだ踊り場にいるようなもの。いったん作りあげたら、深呼吸をして、無我夢中の状態だった自分から抜け出します。分別のある大人になるのです。落ち着いた読者の目で読んでみます。嫌になるほど冷静な目で詩の出来具合の判定をします。どこまで読み手の心を打つことができているかを見定めます。思っていたほどの詩になっていなければ完成品とはみなしません。詩を書く、という行為はそこまでを含んでいます。単に踊り場にたどり着いただけで作品ができたと思ってはいないでしょうか。書きっぱなしには限界があります。読み手の目をしっかりと通したかを点検しましょう。

9章　後の人生で追いつくことはできます。

仮に選考に落ちたからといって、それでこの世が終わるわけではありません。ゴールはたった一つではないのです。真摯に詩を書き続けていれば励みになる目標はこれからいくらでもあります。投稿欄の一年で他の人よりも遅れをとっていたとしても、後の人生で追いつくことはできます。単なる慰めで言っているわけではありません。全力を傾けても思うような結果が出ないという経験は、多くのことを考えさせ、自分の詩を冷静に見つめさせてくれます。決して無駄にはなりません。私自身がそうであったと思うから。

（「buoy」2号、二〇一九年七月一日　「現代詩手帖」二〇一八年六月号‐十月号、二〇一九年一月号‐四月号までの新人選評の冒頭部分を元に構成）

解説

とばない鶴　松下育男論

上手宰

エッセイひとつ書けないぼくらの世代、などと自嘲気味に考えていたころ松下育男に出会ったことはぼくにとって一つの不幸であった。彼はこの上なく美しく没論理的であったし、鏡のようにわれを忘れていた。「エッセイひとつ書けないぼくらの世代」という長たらしい署名のあとに松下がハンコを気軽に押したような形になってしまったといってもよい。ハンコというものはどんな風に押そうがそれなりの意味を帯びるものだ。ハンコ自体が持つ実直さとか誠実さはその際、あらためて論議される必要のないほど自明のものである。ところが、ハンコを押した紙きれは時代とか状況とか詩の流れだとかが問題になるような紙きれなのだ。

〝ぼくらの世代〟というと問題を生じるかも知れないから当面〝ぼく〟ということで考えていこう。松下育男の詩を確固としたハンコと感じ、何かを烙印されたと感じたのはぼくの極めて個人的な意識という貧しい紙きれだけであったかも知れないから。

ぼくは既に二つの松下育男論を書いたが、その一つは技術論的色彩の濃いもの（「松下育男小論」、「グッドバイ」2号）であり、もう一方はK・マルクスの初期〝疎外〟論を基調とした、毀損されつつある人間性をテーマとしたもの（「家具派詩人たちの日常――小長谷清実と松下育男について」、「冊」創刊号）であった。ぼくは自分なりに一人の詩人に内在している時代性を浮きぼりにしようと焦っていた。なぜならエッセイとはそれ以外に意味を持ち得ないというのがぼくの信条だったから。そして松下育男の詩は無防備なまでに現代を体現していると感じられたのだ。だがそれは微細な徴候として現われ、常に暗示としてとどまっているために全貌をつかむことは極めて困難な作業にならざるを得なかった。感覚的に実感していることを明快に叙述できない焦燥感が常に自分をさいなんだ。前述した二つの論以外にも多くの散文の中に絶えず松下育男を登場させたのは、いつまでも念頭を去らない謎として彼の詩が眼前にあったからだと今では考えている。結論としてぼくはエッセイを断念する。松下育男の私への烙印とはそのことである。

I

彼の詩は単純でわかりやすく、発想が奇抜であり、哀しく、ユーモアに富んでいるというのが世評の一致した意見らしい。そうした見方に対して、反論する気はない。それで彼の詩を享受する人たちがいれば、詩は一つのあり方として報われているのだ。ただ、松下育男の詩がそれだけの評価で片付けられてしまうとすれば、詩の世界も空しいと思わざるを得ない。彼の詩は〝詩的でない〟といわれたかと思うと〝技術的にすぎる〟と抗議される。その判断基準は自由だが、その背景に迫っていかない限り目の前で演出されている舞台には何の意味もない。たまたま出てきたとしても「サラリーマンの悲哀」程度の受けとめ方しかされないのでは、彼の詩は読まれていないにもひとしい。ぼくも「サラリーマン」という言葉を用いてエッセイを書いたが、それは既存のイメージにその詩をおとしめるためではなく、「恐怖に満ちた断崖に追いつめられた」サラリーマンの精神的危機を期せずして描いたことを指摘したのである。あえて〝期せずして〟と表現したことに注意して欲しい。彼は我知らず時代を負ってしまった詩人なのだ。彼は時代をこえた空間にこそ詩は存在すると信じてとびたとうとする鳥のようだ。だが、時代は彼の翼を傷付ける。いくらもがいてもそこからぬけ切れない痛みだけが、その詩をうるおわせているのである。

あしが鶴になって／靴が／はけない〃朝から玄関で／はげしく母が靴に／ワタをつめる〃それでもぶかぶかなまま／ぼくが／鶴のあしで会社へ行ったあと／母は薬局へ／翌朝つめるワタを買いに行く〃その音が遠く／会社をかけあがるぼくの耳に／大きくきこえる／大きくきこえる

（「日記のように　四」）

「あしが鶴になって」という鮮やかな表現によって読者の視線は完全に下の方に釘付けにされる。鶴の他の属性はすべて問題にされない。鶴＝足という、普通名詞の交錯に目がくらんでいるうちに「靴が／はけない」というもっともな結論が用意されている。この一瞬、消去されてしまった「なぜそうなったのか？」という疑問が、どこかにかくされたまま物語は進行する。何とか靴をはかなくてはならないから母がワタをつめる。この黙々とした行為の連鎖は本質的にはつきることがない。こうした不条理な世界は、この詩の場合、絶対目的としての会社へとつながっていくようにも見えるが、実はそうではない。非常に不明確な〝会社〟をかけのぼっている「ぼく」の耳にきこえているのは、翌朝のためのワタを買いに行く母親の足音なのだ。会社に到着するまえに、明日への不可解な予感がおそいかかってきて、この作品は途切れてしまう。「靴がはけない」「ワタをつめる」という表現は一つ一つのパルス（脈、波動）であって、それが最終連のインパルス（衝撃）へと高まっていくとき、円環は完成されるのである。最後の「大きくきこえる」という行の繰り返しは詩的効果としては多少の疑問がないわけではない。しかし、これをあえて詩人が書かざるを得なかった内的衝迫力については疑う余地がない。それはどのように「大きくきこえ」たのか？

あまり一つの作品にのめりこみたくはないが、例えばこの連の「その音が遠く」というときの「遠く」はいったいどの言葉にかかるのか。「遠く会社をかけあがる」なのか「遠くぼくの耳に」なのか「遠く大きく」なのか「遠くきこえる」なのか。文法的に明快さを欠いた言葉の配列を〝詩なのだから許される〟という発想をぼくは一般的に好まない。だがこの場合の「遠く」はさりげなく置かれているにもかかわらず多くの意味内容に暗示を与え、かつ不安定な要素を集約している点で実にみごとというほかはない。会社への距離、耳の中で響く足音への距離、明日への距離が微妙にからみ合っている。それはかけあがる心臓の動悸が遠くのものとしてきこえる瞬間をも連想させる。ほかの言葉でいえば、それはめまいの瞬間と呼んでもさしつかえないものである。彼の詩の一つ一つのパルスを面白がっている人は、その最後のインパルスに気付くことがない。彼はもっともわかりやすい詩人であり、もっともわかりにくい詩人だという風評は、そうした単純な理由によるものだ。

F・カフカと松下の詩を安易につなげるのは考えものだが、一言だけ書かせて頂きたい。実存主義の入門書などをパラパラと読んでカフカの「変身」の現代的な〝意義〟が主人公グレゴール・ザムザの巨大な毒虫への変身にあると思っているような人は実に不幸な人である。きっとそういう人は、そうした図式でカフカを読むだろうから、おもしろいのは最初の一、二ページで、あとは変哲もないザムザ家の対応を強制的に読まされることになってしまう。だが、この小説（松下だったら詩と言うかも知れない）を素直に読もうとする人には思想のレッテル以上のものが開けてくるにちがいないのだ。一、二行を除けば毒虫へ変身したことに対する「なぜ？」はほとんど問題にされず、グレゴールは勤務先に行かねばならないというそのことだけを考えている、という一日の幕あけに始まって、次第に人間であることを感覚的に忘れ去っていく長い日々と、そのことへの精神の側からの全的な抵抗が延々と描かれていく。そして死。ほこりだらけで硬直した虫の死体が廃棄されるときにふと、読者は思い起こさずにはいられないだろう。毒虫の形をしたグレゴール・ザムザは、その死の直前まで人間であることを守り抜いたのであると。カフカが変身させたものはたしかに、人間にとってもっとも決定的なものであった。けれどなお、彼には信じなければならない砦があり、そして、彼はそれをまぎれもなく描きつくしたのだと。

カフカは多分、希求してやまない対象のために、常にそれに相当する犠牲を意識していた作家であった。犠牲は多く比喩と発想の卓抜さとしてあらわれてくる。同じように松下育男の世界も比喩と発想という建築物の立ちならぶ街である。しかし、どんな都市もそれらの建築物を目にした印象だけで理解することはできないのだ。見知らぬ街を見て異和感を楽しむことのできる者は観光客の域を抜け出ることはない。松下の詩の不幸の一つはまぎれもなく、そうした読み方をされていることにあったように思える。松下育男は、日常世界に異和感を持ち込むことによって、この世界を観光地化したのではないし、ましてやそのガイド役をかって出たのでもない。彼はむしろ拒絶している。かすかな拒絶とかすかなもがき――その微弱な電流を増幅し得る読者は、それにふれることをさえ恐れるかも知れない。

両親や／とてもちかい親戚は／ぼくが／彼らの目の前にいない時にも／人間の中だと／確信している//確信のあしをはらい／たおれるところをむかえいれる／ぐあいに／彼らの／角を曲ったところで／軽く／鶴になる

（前掲詩八、全行）

この詩の二連目がのびやかで美しいのは「軽く／鶴になる」という結論部分によってだけでなく、「確信のあしをはらい／たおれるところをむかえいれる」なにかが待っているという前提があるからだ。言葉で描かれていないにもかかわらず、白い空白の上に確として存在し、倒れてくるものを受けとめようとして手を拡げているなにか——それは彼をいともたやすく鶴に変えさせてしまう力を持ったなにかでもある。それは諦めのようにも見え、むなしさのようにも見える。言葉で名付ける以前の、あるがままのもの、確信にいたるまえの、もっと確とした実在そのものかも知れない。彼は鶴になるがいい。ぼくはそう思う。詩人の転調の瞬間をぼくは深追いしたくない。転調に酔うことができるものは、なにかを見失ってしまって立ちつくす人間だけなのだから。そして、それこそ詩が享受される時なのだ。疾走があり残されたまぶしさがある。松下の拒絶はいつもそのような形をしている。

2

鶴は飛んだだろうか。ぼくたちは松下の世界の中に、はばたいて飛んでゆく鶴を見たことがない。転身することと自分にとどまることの拮抗だけが揺らいでそこに見えかくれしている。「彼らの／角を曲ったところ」——つまり、ぼくたちがその後姿を見失なってしまうところで、彼は鶴になったのだと言う。けれど、その後、美しくとびたっていったのかどうか、見た者はいない。言いかえれば、ここに描かれているのは本当は彼が姿を消したということだけなのである。彼の不在は何かによってつぐなわれなければならず、鶴のイメージはその虚空を補うものにほかならない。机や椅子、カバン、会社といった極めて具体的で、機能性に富んだ物の表象によってのみ支えられている第一詩集の言語体系の中にあって、ほとんど唯一と言ってもよい、美しい生命体の表象が鶴であることは、「家具派詩人たちの日常」で既に指摘したとおりである。そうした異常に高いボルテージを与えられたイメージの中に飛躍しようとするとき、彼はなにかをふりきろうとしているのではないか、とさえ思える時がある。

遠い日／鶴に／鶴一杯分の意味をそそいだ空が／今朝も早くから／電柱をたらして／はかっている／／深くなったね／またぼくは　ぼくの中に／／窓を閉じ／肩から深く／鶴をくみだす
（前掲詩六、全行）

　ここでも同様の構造が見られる。「鶴一杯分の意味」はむかい合っている空と、その反照としての自己の内部に同じ深さを与えるものとして存在するが、その均衡は「窓を閉じ」る（外界と自分を遮断する意味において「角を曲がる」と同義語といってよい）行為によってやぶられる。誰も見ていないところで彼は鶴を自分の中に隠し持っていたことを打ち明ける。この場合の「ぼくの中」の「深」さは、「たおれるところをむかえいれる」なにかに照応している。それは諦めのようなものであり、むなしさのようなものでありうる。と同時に、それはもっとも安らぎに満ちたもの、絶対的に依拠してよいものの感覚としても表われていることがわかる。

　それがプラスの方向をさしているのか、マイナスの方向をさしているのかを確定することはできない。鏡の前に立っている像であるのか、鏡の中にある像であるのかを故意にあいまいにすることによって彼の詩世界は成立しているのである。どちらをプラスと決めるか、それは読者の座標軸のとり方にかかっている。「空」が自分の中の深さとつり合っているということは、〝私はどこまでも広がり続ける空だ〟というふうにもとれるし、〝空は私の中にある深い空洞にすぎない〟というふうにもとれる。鶴は転身への美しい願望であり得るが、逆に彼の虚無をうずめるイメージでしかないかも知れないのと同じように。

「猫」における〝死んだ猫〟と〝生きている人〟、「椅子は立ちあがる」における〝立ちあがる椅子〟と〝腰を深く沈める私〟、「休日」における塀の両側の世界、「建築物」における、腕や足をつぎつぎと〝おれ〟に与える〝おまえ〟と、わたされてしまってそれを組み立てていって説明を強いられている〝おれ〟、「水を汲む」における〝ぼく〟と〝地平線のむこうで育ってしまったぼく〟――こうした空間と空間の置換が設定の根幹におかれている作品が多いのは理由のないことではない。

3

今まで引用してきたのはすべて第一詩集『榊さんの猫』におさめられた作品である。第二詩集『肴』もむろん技法や論理構造で前詩集をひきついでいるが、かなり様相は異なってきている。「鶴」は外在化されつつある。

歳月／小売りもいたします〃暗い工場で／服をぬうように／工員がさびしい／歳月をぬいあげてゆく〃よふけ／コートの襟をたてて／急ぎ足でその工場に入ってゆき／ひとことふたこと口論のあと／油紙につつんだ歳月を／脇にかかえて帰ってゆく人……　（「服」部分）

「服」は歳月なのだという部分を引用していないので多少わかりにくいかも知れないが、ここに描かれている人間は、ぼくがその後みかけた鶴の姿ではなかったかと思う。前詩集では行間の空白の中にひそんでいたものがここには明確な形として浮きぼりにされている。多分、第二詩集に加えられた主要なファクターを分析すれば、時間の軸と、光景への臨場感に要約されよう。

第一詩集は総じて時間のない世界である。なぜなら永遠を求めるものにとって必要なものは一瞬だけだから。時間をいくら積み重ねても永遠に至ることはない。同様にして、美を求めるために感情を組織することは全く無意味なことであると第一詩集は告げている。即ち、彼は時間を排斥し、感情を極力抑制することによって感覚の幾何学模様を描くことに熱中した。一番単純な言葉が彼の詩世界の公理であらねばならなかったし、その証明は最も簡潔に表現される必要があった。その帰結の一つが鶴のイメージであったにちがいない。あるいはミジンコのイメージに。

ただ／君に　しろ／ミジンコにしろ／いきものは／きもちわるい

（「気持」部分）

この詩は詩集に入っていない。あえて引用したのは彼が人間から遠ざかる速さを示したかっただけのことだ。だが鶴やミジンコに結晶させることができなかった情感が「服」にはある。設定ではなく光景が、客観的論理ではなく主体的関係が、転身ではなく自らにとどまろうとする意志が、さらによく見ればわかることだが第一詩集には見られなかった孤独が影をおとしている。

草を刈ってしまったら　たったこれだけの人だった／なんて／君が空を見あげて／悲しまない　ように

（「除草」部分）

ここではすでに時間的に見ても有限な人間が登場してきている。死が意識されているのだ。同時に「君」という対象に対して体温を感じさせる関わりを持っている点にも注目すべきだろう。ここにあるのは拒絶ではなく、希求である。これを弱さの露呈であるとする見方はむろん可能だが、それによって文学的価値が減ずることはあり得ない。松下の詩世界になれ親しんだ人が、その戒律にも似た自己抑制を不可欠のもののように期待することがあるとすれば、むしろここに到るまでの彼の詩の構築における一貫性こそが評価されるべきなのである。

ところで『肴』の中の全ての作品がこのように変化してきているのだとぼくは主張しない。それは極く限られた数篇にのみ見られる現象である。

てのひらを見て／思う〃ここも／うまいぐあいに歯止めがきいている〃指はてのひらが五本に裂けて／途中で肉の／歯止めが／きいて／いるが／この歯止めがなく／ずっと／肩のつけねまで／裂けつづけていたらと／思う〃君へちからをこめることは／もうない〃日々の顔をおおうことも〃はげしく涙を／ぬぐう／ことも

……〃長すぎる脂を／執拗に／顔に巻きつけ／ぼくは
蒲団をかぶって眠る〃五本のひもを両肩から／ぶらぶ
らさせて／ぼくたちはたそがれ時　たまらない表情で
／行き交うんだと／思う

（「歯止め」全行）

そして、その数篇が今後の松下育男をどれだけ予言しているか図り知れない。たとえば彼の詩世界の中心に例外なく置かれている「ぼく」が最終連で「ぼくたち」にかわり、負の連帯を獲得した、この詩もその一つであろう。発想がそれだけで美しく完結していたのなら、これは取るに足りない詩で終わっていたにちがいない。しかし、そこからにじみ出してくるものが、彼自身の比喩をあふれてしまっているのだ。「たまらない表情で／行き交う」ぼくたちには、〝むかい入れてくれる空間〟がどこにもない。モチーフとして他者が登場した場合はこれまでもあったが、本質的な意味で彼の詩の中に他者が存在し始めるのは、この数篇が最初であり、そして他者が存在する世界では、自分を置きかえる空間がふさがれてしまっているのである。むこうからやってくるのは鶴のイメージの空洞ではなくて中身のつまった人間なのである。ただ気になるのは「歯止め」では蒲団が、「服」の場合には毛布が出てきて〝眠る〟行為が準備されていることだ。創作上の偶然にすぎないかも知れないが、時間を停止させ、根こそぎ状況から自分をはずしてしまうことを可能にする〝眠り〟が逃避的に用いられるとすると危険であろう。いずれにせよ、新たな展開が進行しているのだ。彼はこれまで常に方法の中に手品にも似た秘密をかくし持っていた。彼はハンケチの下から鶴を出せたし椅子も出せたし、坂も出せた。まるで空中に、誰にも見えない抜け穴を持っているかのように。彼はあきることなくこれを続けてもよかったのだが、その一部を今や放棄しつつあるようにぼくには思える。

＊

ここまで書いてきてふと立ち止まる。彼ほど「時代」という言葉に不似合いな詩人も少ない。にもかかわらず幻影のように時代のにおいをつきつけてくるのはなぜなのだろう。島田誠一の言う「エポックを持ち得なかった世代」の時代感覚を持っていたからなのだろうか。あるいはぼくがかつて「家具派詩人たちの日常」に書いたような「生命の自家中毒症状」を詩の世界で体現しているからなのだろうか。しかし、それでは十分に言いつくせないいらだちがある。ぼくはエッセイを断念した人間としてこの文章を書いてきた。「われを忘れている」鏡としての松下育男に映った影を正確に描き出すことは、この時代をある局面から照射する鍵になるのではないかと予感しながら、それをはたせずにこの文章をひとまず終える。書きはじめからそれは自分でわかっていたことなのだが。ただ詩が残されている。これはぼくに押された烙印にほかならないとしても、それが同時に最大級の喜びであり続ける限りは、いつか決着をつける日がくると自分で思い込んでいる。（未完、「冊」5号、一九七九年五月）

「詩」が、それを僕に刻み付けた

池田俊晴

春、四月、夕暮れの立石海岸に立ち、きらきらとまばゆい陽の光を反射させて揺れ広がる海を眺める。遠くまで流れる澪筋に、光の帯が広がったり狭まったりする様は、まるで生きもののようだ。そうやって光る海を眺めていると、少年の頃の多摩川の流れを思い出す。少年の頃の多摩川も、きらきらとまばゆい陽の光を湛えて流れていた。それは、今見ている相模湾の光のうねりとも違う、もっと優しい光に包まれていたように思える。

僕は、大田区の西六郷に育った。転校を繰り返していたが、西六郷の母方に落ち着いた小学校四年生の頃から、いつも多摩川が遊び場だった。風に揺れるヨシの群落、小さなクチボソの群れ、放置され錆びついた艀、工場の煙の臭いとかすかな海の香り。僕は、そういう風景の中を、あたりが暗くなるまで遊んで帰ってくるのが日課だった。それから高校を卒業するまで、多摩川は僕にとって特別な場所だった。そして今なお、きらきらとまばゆい陽の光を湛え、時には静謐に、時には荒れ狂いながら、僕の内部を流れ続けているのだと思える。

僕の机の抽斗の奥に、たぶん中学校の遠足の時に撮ったと思われる、黒い学生服に白いトレパンツ姿の、優しげな瞳の奥に意思の強さを秘めた、痩身の少年の写真がある。少し色の黒いその少年の名前は、松下育男という。クラスは別々のときもあったが、松下と僕は幼馴染で、小・中学校は同学校の同学年だった。遊んでばかりいる僕が、優等生で物静かな松下と仲良くなったきっかけが何だったかは忘れてしまったが、僕にとって、松下は単に幼馴染というだけではない存在だった。そして、大袈裟かもしれないが、僕が生きてきた、あるいは生きてゆく上で、抜き差しならない存在だと今も感じている。なぜなら、松下育男とは、僕にとって、「詩」と同義とすら思えるからだ。僕が松下について考えるということは、「詩」について考えるということであり、僕が「詩」へ向かおうとするとき、陰に陽に、松下の存在を意識しないではいられない。それは、松下と触れ合った少年の頃、「詩」が僕に深く刻み付けた痕跡なのだ。その痕跡を問いの形に抱えながら、間違いなく僕もまた、「詩」を病んでいるのだと思う。

小学生の時からだったか、中学生からか、既に記憶は曖昧になっているが、松下と僕は、詩の交換ノートを作って、交互に詩を書いて見せ合っていた。僕は、家庭の事情で、友人のいない誰も信じない子供だったから、実母に引き取られ、ようやく落ち着いて暮らし始めたとき、松下と出会って仲良くなれたことが嬉しかった。確か、数冊のノートの遣り取りをしたと思う。何を書いたのか、何を読んだのかは忘れてしまっているが、その頃から、松下の書くものは読む者の耳元に直に語りかけてくるような、読む人を揺るがす不思議な力があった。僕は、そういう松下に、自分の書いたものを読んでもらえるのが嬉しかった。ノートに書いた詩を渡すために家へ行くと、お母さんだったのかお姉さんだったのか、女性の声で松下を呼ぶ声がして、たぶん二階からだと思うが、松下が玄関まで降りてきた。僕は、家の奥に大切に仕舞われている純粋な何か、特別に大切にされている何かが現れるのをじっと待っているような不思議な感覚で、松下が出てくるのを待っていた。その頃の僕は気持が荒んでいたし、自分なりに周り中と抗っていたから、書いている詩と同じようにいつも静かで繊細で純粋に思えた松下のことが、眩しく羨ましく思えた。

中学校を卒業して、松下は都心の高校へ進学した。僕も同じ高校へ進みたかったが、叔父に猛反対され、多摩川沿いの素朴な高校へ行った。高校は別々になったが、松下も僕も、詩を書くことについては懸命になっていた。ちょうど思潮社から現代詩文庫が出始めた頃だった。二人で蒲田の本屋へ行き、詩の雑誌や本を立読みした。手に入れた詩論を回し読みした。多摩川の河川敷を歩きながら、二人で詩のことや様々なことを話した。いつも松下が聴き役をしてくれていたと思う。そんな風に、高校を卒業する頃まで松下と行き来していた。その後、僕は詩を離れたが、松下は詩を書き続け、詩集『肴』でH氏賞を受け、稀有な詩人として高く評価されてきた。

だが、少年の頃からの知り合いだからといって、松下の何を知っていると言えるだろうか。むしろ僕には、こんなにも松下のことを知らないでいたという悔恨の思いが強い。不覚にも最近になって、松下育男が詩の書き手として背負い続けてきたものについて、その痛みや苦しみや歓びや覚悟について、僅かに窺い知るばかりだ。それも、同人誌「生き事」やSNSを通じてのことだ。松下が筑豊に生まれ、お父さんの時代に東京に出てきたということを知ったのも、最近になってからだ。六郷地区は、多摩川下流に広がる京浜工業地帯の中に位置しており、高度経済成長期に地方から大量に流入する人々を吸収してきた街だ。地方からの流入してきた貧しい人々の挫折や希望の渦巻く街だったのだと思う。松下も僕も、そうした家庭の二世だった。もしかしたら、僕が感じていた「家の奥の大切に仕舞われている純粋な何か」というのは、松下の家族の社会に対する構えと松下自身の持つ天性に感応した、僕の思いだったのかもしれない。そして今も、少年の頃のように、素足のまま「詩」に踏み入れ、それを素手で捉えようとする松下を、すこしはらはらしながら、遠くからまばゆい目で見入るばかりだ。

松下育男について考えることは、僕の中の何かを少年の頃へ激しく送り戻す。既に老いた僕の「現在」と、半世紀以上の時空を遡行する「少年の頃」とが往還しはじめる。其処では、鮮やかに焼き付けられているものも、時間と共に褪せてしまったものすらも、奇妙に絡み合いながら流れたり遡行したり静止したりしている。それは、失ってはいけない、かけがえのない出来事として、これからも僕の中に生起し続けるのだろう。僕にはそれが、まばゆく光りながら時空をうねり流れる幻視の多摩川のように思える。

(2017.5.21)

詩の原質のふるえについて

廿楽順治

松下育男は寡黙な詩人という印象がある。第一詩集『榊さんの猫』(一九七七年)やH氏賞受賞の『肴』(一九七八年)、これらはいずれも八十頁ほどのものであるし、どの詩篇も短い。無駄な言葉を極力排して、慎重に言葉を選ぶ、という語り口である。詩集の発行頻度についても、最初の二詩集は一年置きだが、第三詩集『ビジネスの廊下』は一九八八年、『きみがわらっている』は二〇〇三年と間が空いていて、しばらく詩を発表していない時期もあった。こうしたことから、私は寡黙な詩人と推測していたわけだ。しかし、後になって実像はずいぶん違うということを知ることになった。この文庫に掲載されている「初心者のための詩の書き方」を読むと分かるが、詩想は次から次へと湧いてくるもののようである。SNSの文章によると、職場への通勤時間の内で一篇を仕上げてしまう。もちろん、それが初期の頃から一貫してそうだったかどうかは分からない。だが最初の印象とのこの落差には正直、驚いた。

私が松下育男の詩をまとめて読んだのは、思潮社の新鋭詩人シリーズの『松下育男詩集』である。このシリーズには荒川洋治、平出隆、稲川方人、伊藤比呂美、山口哲夫、といった当時の新世代の多様な書き手が一堂に集められていた。それぞれの詩人の新しい書法の中で、松下の語りはだが、それほど新奇というわけではない。というより、その詩には懐かしさのようなものがあって、そこがシリーズの中でも妙に印象に強く残った。吉本隆明が「修辞的現在」の中で論じた若手詩人は主に荒川洋治や平出隆であったが、松下はそうした先鋭的な詩人とは異質に見えたのであった。

しかし、一九七九年の「現代詩手帖」四月号の座談会を見ると、どうもそうではなかったようにも思われる。この座談会は「同時代を探る」という特集の下で企画され、「いま、詩を書く現場から」と題されていた。司会の北村太郎が当時の若手詩人の松下をはじめ、山本博道、伊藤比呂美から話を引き出す形になっている。この特集の副題は、現在では俄かに信じられないが「〈多様性〉という病い」と題されていて、これは当時話題だった吉本隆明の「修辞的現在」の影響だろう。現に北村はこの論を冒頭で挙げながら、松下や伊藤を「修辞」の括りの中に分類しているように見える。本心かどうかは別として、松下もこの座談会では自らの詩の書き方について「日記の延長で詩を書いているんではなく、新しい登場人物を出して自分とは別個の世界を創り上げているつもりなのに、日常を書いていると言われる」と発言していた。北村はこれを受けて「松下さんはタイプとしては入沢康夫さんや吉岡実さんに近く、書く行為と日常生活の自分とがあって、「表現されたもの＝自分」ではないというのが常にある」と言う。今から考えると、松下育男をこのように分類するのは分かりにくいが、当時の若い詩人が「修辞的現在」、「〈多様性〉という病い」という図式の中で、どのような位置を割り当てられていたか、その一端は垣間見える。

因みに一九八二年に発行された『詩と文学の現在』（全学連新書）の中で、松下は稲川方人と対談しているが、その席上で編者の詩人・園下勘治はこの異質に見える二人について次のように整理している。「松下さんの場合、日常の世界をテクストにするときの過程に生きがいを感じる。稲川さんの場合、すでにテクスト化した言語世界で生きているときの生きがい《ママ》を感じる」。一方で「ただ二人が別のように見えてしまうのは不幸なことですね。（中略）松下さんの詩の場合であっても、むしろ、松下さんの詩の方が、かもしれませんが、自然的な世界をテクスト世界へ転換する新しい視点というものを定着していくことができるんじゃないか」と結ぶ。松下の「分かりやすい」詩を私たちはしばしば「現代詩」から切り離しがちだが、当時にあっては、先行世代に対峙する先端的な「同時代」詩人であったのだろう。

　私自身はその「修辞的現在」の後しばらく現代詩から遠ざかっていたが、二〇〇〇年を過ぎてまた詩を読み書きをするようになった。リハビリではないが、現代詩を再開するにあたって、かつて関心を持っていた詩人の現在の詩をあらためて読んでみようと思ったが、その時にまず頭に思い浮かべたのがかつての新鋭詩人たち、とりわけ松下育男であった。これは先に述べた詩の懐かしさのようなものに関係があるかもしれない。松下の詩から何か自分の背を押してもらうような力を期待したのだろう。だがこの時初めて、松下育男が詩を中断していたことを知った。二〇〇三年の詩集『きみがわらっている』の帯に、清水哲男は「松下育男が帰ってきた」と書いている。「帰ってきた人が、いま問わず語りにぽつりぽつりと話しはじめた。あいかわらずの優しいまなざしで、しかし、全力で正確に言葉を選んで……」。ここでも松下は「ぽつりぽつり」と語る人と言われている。

　この寡黙さのイメージは書く量の問題だけではなく、松下の書法にも由来している。現代詩にありがちな饒舌さとは違う松下の詩は、余計なものをそぎ落とした詩の原質の様態のようにも見える。

　こうした詩の原質については、私たちはたとえば次のような谷川俊太郎の詩を連想することができる。「そして私はいつか／どこからか来て／不意にこの芝生の上に立っていた／なすべきことはすべて／私の細胞が記憶していた／だから私は人間の形をし／幸せについて語りさえしたのだ」(「芝生」)。ここには詩の原質が、充溢した総体として提示されている。一方でこの原質は、あまりに総体であるために、実は私たちにどんな分与ももたらさないのではないか、という疑念を与える。私はこの「芝生」を含む詩集『夜中に台所でぼくはきみに話しかけたかった』を、口語による詩の高度な達成だと思っているが、松下の詩はしかしこうした原質とは違う。私は松下にそれとは別の原質の可能性を期待したのではなかったか。

松下の初期の詩には詩を語る細胞、というような総体性はまず出てこない。むしろそうした総体の崩れ自体が、語りの力を生み出しているように見える。この崩れが松下個人に由来するものなのか、あるいは七〇年代の新人詩人に集団的に発生した現象だったのかは今は問わない。谷川俊太郎の細胞が総体の懐かしさに由来するのだとしたら、松下の懐かしさはこの総体の崩れから来る。たとえば、松下の詩で最も知られている「顔」では、見慣れた「こいびとの顔」が「ひふがあって/裂けたり/でっぱったりで/にんげんとしては美しいが/いきものとしてはきもちわるい」ものに変容しているが、ここでは美しい顔の総体よりも「ひふ」や裂け目、「でっぱり」といったものが注目されている。松下から直接聞いた話では、この詩は自分の中では本筋のものという意識がなかったそうだが、今では代表作のようになってしまったということだった。

しかし、「顔」は「坂」などとともに松下の詩にしばしば出てくる形象であるし、美しい恋人の顔をグロテスクなものとして捉える視点は、私にはやはり松下の特徴をよく表しているように思える。初期の詩には、「日記のように」に出てくる鶴の足への変形、あるいは「水を汲む」の男の肉、「歯止め」の肩まで裂ける指の付け根、「綱引」のてのひらから剝けた自分の身など、痛みにまつわるグロテスクな展開には事欠かない。

こうした総体の崩れの傾向は、二つのものの間という形でも松下の詩に反復して現出する。「休日」では町のはずれの角のすじに体をあて、「どちらも世界だと思い/はしゃいで/かわりばんこに見ていたら/弱ってきて/どちらかの世界へ/肩から倒れこみそうになったので

／塀に／へばりついた」と語られる。「休日」を含む詩集『榊さんの猫』では、会社の世界と私的生活の世界の齟齬がたびたび出てくるが、しかしこの「休日」を見る限りでは、松下は会社も私的世界も「どちらも世界だ」とみなしている。会社の世界に対して、私的世界のみが真の世界として規定されているわけではない。それは詩集『ビジネスの廊下』の「私」を見ても明らかだろう。「4 職場の私」の章で「職場の私は／まるごと／である」し、「部分を提供したことがない／美しい断面／も」と語られている。もっとも、この詩の最後は「上司に呼ばれる／たび／わたしは性器ごと／近寄る」とあって、「わたし」という世界の総体は部分である「性器」の出現によって崩されてはいる。

松下の「世界」が複数であり、並行であるのと同様、松下自身の「私」も複数である。「競走」では「この世界が／なかった場合の／ぼくが／考えから／はずみをつけて／走りだす」。だが、ぼくがぼくを追い抜いていく、という事態は詩の題材としてそれほど特別ではない。私が注目するのは、最後に出てくる「遠いコースのむこうにも」ある「空」である。日々「ひきつづいて」あるこの「空」が、松下の複数の世界を支えている。地としての「空」が、詩の語りの発生の場となっているのだ。詩の生成としての場は、だが総体とは違う。詩の場とは、複数のものが争う、出来事そのものの謂いなのである。

この「空」は私ともうひとりの私の世界を包み込むものだが、詩集『きみがわらっている』では、これが「かがみ」に変容しているように思う。この詩集はきみ－わたしの対面や接触を題材にした恋愛詩風のものが多い。だが、これをもってモノローグから他者の世界へと発展したと判断するのは早急だろう。きみ－わたしは両者とも人称に属するものとして交換可能である。要するにきみはわたしのことでもある、という点では、先の「競走」と大きく性質が変わらない。ここでも図として語られる恋愛の背後に、地としての「かがみ」が仄見える。きみとわたしを向き合わせ、接触させるもの。詩は、二つの世界の間で弱ってへばりついている。「このよをあるがままに　うつさなければならない」ことに「つかれ」ている。「そのたいらなめんを／じっと　みていると／そのひょうめんが／かすかに　ふるえているのがわかる」（「かがみ」）。

　ただ最後になって、この「かがみ」のふるえは「このよ」のふるえと区別がつかなくなる、と今度はこの両者に挟まれた「さかいめ」に語らせている。ここでは地であったはずの「かがみ」が図に転化しているのである。こうした転換の劇も松下の詩にはよく出てくるが、「かがみ」が「競走」の「空」と違っているのは、それが詩の手元に落ちてきてふるえている点だろう。このふるえる表面は海の形象にもつながっている。ここではあの「顔」の眼鼻も、ばらばらに流されるものとしてある（「泣いているときに」）。複数の世界の狭間に佇立することに加えて、ふるえが詩を覆っているのである。松下の詩には珍しく、「ばくは」や「せんしゃ」「殺される」という物騒な言葉が出てくるのも、あるいはこのふるえに関係しているのかもしれない。

　松下の詩の原質は、こうして複数の世界の中でふるえ出していくが、ここで総体の解体、というような整理の仕方をする気はない。私たちからすれば、ひとつの細胞であるかのような抒情の総体の方が、ややもすると虚構に見えてしまう。だが、だからといって複数であることがいつも正当であるとも言えない。実態はそれらの間でふるえている、というのが正確だろう。

　最近の松下育男の詩は、分かりやすい抒情詩の相貌を見せながらも、今述べたような詩の「ふるえ」をさらに増幅させているように思う。といっても、詩のイメージにそれが溢れているというのではなく、詩の「ひょうめん」そのもののがふるえ、領域が極度に増大している、という意味である。たとえばＳＮＳ上で毎日のように書かれている詩は、日々がそのまま詩であるかのように、日記と詩の語りの領域にまたがって揺らぎだしている。寡作に対する多作、というものとは違う地平で言葉が紡がれているのである。あるいはこれは当初からの松下の特性であったのかもしれない。「初心者のための詩の書き方」にしても、松下の読みやすい語りに思わず惑わされてしまうが、かなり異様な抒情の光景であると思う。詩論や詩の制作の裏側が、ここまで他ならぬ抒情詩の様態で書かれたことがあっただろうか。もちろん、詩についてのメタ詩や、詩論に基づいたと思しき実験風の詩はこれまでもあったろう。だが、結局はそれらは「この詩は詩論の代理である」という様態において読み手を安堵させてくれていたように思う。「初心者のための詩の書き方」の不気味さは、この詩論と詩の「ひょうめん」がふるえ、「さかいめ」が消失していることに起因する。

とても好きなものは
詩にできない
そのものが言葉よりも近いから
そういう時は詩なんかいらない
詩にできるのは
あるときとても好きだったもの

思い入れの強いものを詩にした時の失敗は、誰にも確かに思い当たることだろう。これは「初心者のための詩の書き方」の冒頭なのだが、こうした詩の楽屋話は確かに初心者向けのアドバイスのようにも見える。しかし、この章の後半で「ほんとうにせつなくなるのは／とても好きなものがそうでなくなる瞬間／そこにうすい膜がはりつめていて／それが通り抜ける瞬間なんだ」と語られるに及んで、「うすい膜」といい、「通り抜ける」という動詞の使われ方といい、ここで提示されているのは、松下の詩の語りそのもの、今までの言い方で言えば「ひょうめん」のふるえ、なのだということが分かる。この冒頭の詩について、松下は二〇一八年十一月十九日付けのSNSの中で次のように言っている。

「もちろん書いてある通り、好きなものや、好きな人を手放したときの心情とか、これまでの切なくて仕方がなかった事なんかを思い出しながら書いてはいたんですけど、書きたかったのは書いてある内容ではなくて、ただ言葉のことを単純にきれいに書きたかった、それだけなのです。詩の内容って、あくまでもどうやって書くかに付随したものでしかないのだと思います。だからこれは僕のメッセージではないわけです。詩が勝手に言ってしまったメッセージと言っていい。詩ってそういうものだと思います。作者が日ごろ考えもしないことを、作者よりも激しく言ってくれることがあります」。

この話は、楽屋話のさらなる楽屋話、ということになる。ここだけを読むと、詩は乗り手を選ばない乗り物のようなもの、と言っているように聞こえる。ここでは詩の語り手が、詩と詩に付随する内容という二つの世界に挟まれているのだ。もちろん、この百章からなる詩は、詩のアドバイスとして読んでも十分人を唸らせる「内容」を持っている。だが、一方でそれがどこまでも詩の様態であることに、私は少し薄気味の悪さも感じている。この不気味さはフロイトを持ち出すまでもなく、懐かしいものの別の姿である。私が松下の語りに見る詩の原質には、抒情の懐かしさとともに、ふるえながら周囲の世界へと止めどなく越境していく狂おしさ、という二つの面がある。

この「初心者のための詩の書き方」は、読み進める内に詩のマニュアルの範疇を大きく越えてしまう。確かにこの作品は「初心者のための」と銘打ってあるが、一体詩において初心者でないものなどいるのかどうか、読んでいくに従って怪しくなるのだ。この文庫には「まど・みちおさんの詩」という講演記録が載っているが、この中にまど・みちおから学んだ詩の定義として、「詩とは、決して熟練することなく、いつも初めて詩を書くときに戻って書くしかないものだということ」と述べられている。松下育男においては、詩は初心者以外から成る世界ではないのだろう。私たちはこのマニュアル風の抒情詩を読むことで、詩において初心者の視界、要するに松下の「ふるえ」の世界へと引きずり込まれる。この断章群を読んでいると、詩が松下に憑依して自らの誕生を語っているような錯覚に陥るのだ。「詩の書き方」を語るのは他でもない当の詩それ自身なのである。

九章では「詩を書いていると／新しいものを生み出しているというより／もとの形に戻しているような感じがする」と語っている。「だから／詩が完成した時に／それがどれほど懐かしく感じられるかによって／完成度がわかる」。松下の詩の原質は、こうして懐かしさによって規定されるが、その一方で十二章では、「制御できるもの／宥めることのできるものを詩とは言わない〃言葉が自身に溝を掘り／渦を巻いてこの世もろとも落ちてゆくものを詩と呼ぶべきか〃詩を侮ってはいけない」とも語っている。繰り返しになるが、私が不気味と呼ぶのは、こうした懐かしさと崩壊の両義性を飲み込んでいる詩の凄みのことである。

最後にどうしても触れておきたいことがある。この文庫には掲載されていないが、松下には「火山」という長編詩がある。これは松下が主宰する同人誌「生き事」創刊号（二〇〇五年）に三十頁弱にわたって掲載されたもので、亡くなった先妻との生活を素にした作品である。「初心者のための詩の書き方」は、詩が詩論の領域へと大きく浸潤していくものであったが、「火山」でも同様に詩の語りが、松下の記憶にとり憑き、一体化して奔出している。「火山」は亡妻との生活と性を象徴する形象である一方、詩の原質の強大なエネルギーのことでもあったろう。この詩を語るのは松下なのか、それとも詩それ自体なのか。そこでは、事件の記憶と詩の語りが、共に「ひょうめん」でふるえ、共鳴し合っているのである。

冒頭で私は、松下育男は寡黙な詩人というイメージを持っていたと書いたが、今から思えば、この寡黙さは、詩という原質が沈黙と饒舌の「さかいめ」でふるえていた姿であったかもしれない。松下育男の詩を読むことは、この「さかいめ」の詩の原質の振動に触れ、共にふるえることでもあるのだ。

（2019.1.17）

現代詩文庫 244 松下育男詩集

発行日・二〇一九年十一月三十日
著　者・松下育男
発行者・小田啓之
発行所・株式会社思潮社
〒162-0842　東京都新宿区市谷砂土原町三—十五
電話〇三（三二六七）八一五三（営業）八一四一（編集）八一四二（ＦＡＸ）
印刷所・創栄図書印刷株式会社
製本所・創栄図書印刷株式会社
用　紙・王子エフテックス株式会社
ISBN978-4-7837-1022-6　C0392

現代詩文庫

新刊

201 蜂飼耳詩集
202 岸田将幸詩集
203 中尾太一詩集
204 日和聡子詩集
205 田原詩集
206 三角みづ紀詩集
207 尾花仙朔詩集
208 田中佐知詩集
209 続続・高橋睦郎詩集
210 続続・新川和江詩集
211 続・岩田宏詩集
212 江代充詩集
213 貞久秀紀詩集
214 中上哲夫詩集
215 三井葉子詩集

216 平岡敏夫詩集
217 森崎和江詩集
218 境節詩集
219 田中郁子詩集
220 鈴木ユリイカ詩集
221 國峰照子詩集
222 小笠原鳥類詩集
223 水田宗子詩集
224 続・高良留美子詩集
225 有馬敲詩集
226 國井克彦詩集
227 暮尾淳詩集
228 山口眞理子詩集
229 田野倉康一詩集
230 広瀬大志詩集

231 近藤洋太詩集
232 渡辺玄英詩集
233 米屋猛詩集
234 原田勇男詩集
235 齋藤恵美子詩集
236 続・財部鳥子詩集
237 中田敬二詩集
238 三井喬子詩集
239 たかとう匡子詩集
240 和合亮一詩集
241 続・和合亮一詩集
242 続続・荒川洋治詩集
243 新国誠一詩集
244 松下育男詩集
245 佐々木安美詩集